AF493712

LA DRIADE AMOVREVSE, PASTORALLE.

De l'inuention de P. Troterel sieur d'Aues.

A ROVEN,

DE L'IMPRIMERIE, DE Raphaël du Petit Val, Libraire & Imprimeur ordinaire du Roy.

1606.

Auec Priuilege de sa Maiesté.

A

TRES-NOBLE ET TRES-vertueuse Dame Charlotte de Haute-mer, Dame de Medauy.

MADAME,

Ayant aux heures de mon loisir courtisé la trouppe des Muses, vne de leur bande m'a voulu gratifier de cette Pastoralle chanson, qui traite de l'amour d'vne belle Nymphe éprise des perfections d'vn gentil Pasteur (honneur de tout son pais Arcadien) Parquoy desirant luy faire voir le iour & souspirer ses chastes affections, i'ay voulu imiter les anciens, qui desirans bastir les murs de quelque Cité pour estre de longue duree en iettoyent les fondemens sous l'influance d'vne heureuse planette: estimans que tracez au point de cette bonne constellation, ils disputeroyent d'éternité auec les ans & les siecles. Suyuant lequel exemple ie prés la hardiesse de faire naistre cet ouurage sous l'astre reluysant de vostre illustre nom, m'asseurant que tout ainsi qu'il est esclatant en splandeur par le lustre de vos rares vertus, comme extraite d'vne des grandes maisons de France, & l'espouse d'vn des plus valeureux seigneurs, qui par ses exploits heroïques ait graué son nom au temple de l'immortalité : ce petit liure en son leuant receura le mesme succez que ces susdits anciens esperoyent en l'architecture de leurs bastimens. Vous l'aurez donc s'il vous plaist agreable, quoy que ce soit peu de chose au regard de vos merites, qui neantmoins vous sera tesmoignage de l'humble seruice que vous dedie,

MADAME,

Vostre bien humble & tres-affectionné,

D'AVES.

STANCES A ELLE-MESME.

I.

AInsi qu'vn marinier sur le bort de la mer
N'ayant pour bien voguer vn assez bon nauire,
En soy pense long-temps s'il ozera ramer,
Et par les flots salez sa nacelle conduire.

II.

A la fin leue l'ancre & mettant son espoir,
Sur la bonté des Dieux, commence son voyage:
Mais esloignant le haure & ne le pouuant voir,
Au moindre flair des rumbs apprehende vn naufrage.

III.

Madame, ainsi voulant du bateau de mes vers,
Nager la Haute-mer, de vos belles louanges,
Mon esprit est confus en cent pensers diuers,
Craignant de s'abysmer en des Scylles estranges.

IIII.

Tant de perfections que l'on voit vous parer
Et qui vous font ça bas comme vn Phœbus reluire

Me retiennent au port sans ozer demarer,
Sentant ma fresle nef n'auoir vn bon Zephire.

V.

Toutesfois me voyant desia tant auancé,
Sy faut-il m'enhardir d'en voguer quelque terme:
Mais durant, si ie suis de peril menacé,
Au fort de ce danger seruez-moy de saint Herme.

VI.

Ie vay donc faire voille & delaisser le port,
Non que i'aille pourtant l'abandonnant de veuë:
Ains de ce que ie suis ie feray mon effort
Attendant que ma nef de vent soit mieux pourueuë.

VII.

Mais où me conduis-tu, vaisseau de mon desir,
A l'execution de si haute entreprise,
Quelles de ses vertus pourras-tu bien choisir
Qui ne soit des humains sufisamment apprise?

VIII.

Sy, poursuis ton dessein imitant les mortels,
Qui bien que de vieil tēps chātent des Dieux la gloire,
Ne laissent tous les iours d'encenser leurs autels,
Renouuellant sans fin leur plaisante memoire.

Dans cette Haute-mer au front doux & calmé
Ie voy naistre Venus la celeste & diuine,
Celle qui nous remet dedans le ciel aymé,

Où vostre cher esprit a pris son origine.

X.

Aprez-elle ie voy les Graces caroller,
Esparpillant au vent leur belle tresse blonde,
Et le diuin amour tout autour bauoller,
Se plongeant à tous coups dedans cette claire onde.

XI.

La Vertu marche apres? dont l'esprit est infus
Dans cette Hautemer qui la meut & domine,
Gouuernant si tres-bien son flus & son reflus,
Qu'il ne passe ses bords pour faire de rauine.

XII.

Aussi pour ce subiet quand son eau tarira
Entrant dans l'estomach de la terre profonde,
Malgré le cours du temps son nom demeurera,
Passant à tous propos par les bouches du monde.

XIII.

Mais ie m'esloigne trop, il me faut retirer
Mon bateau ià lassé, tout contre le riuage,
C'est assez pour ce coup d'auoir sceu aspirer
A moitié du chemin d'vn si beau nauigage.

A MONSIEVR D'AVES

SVR SA DRIADE Amoureuse.

STANCES.

Riade, que l'amour captiua dans ses chaines,
Et sentis ce que peut l'insolence du sort,
Tu n'eusses point vescu plus long-temps
Que ces chênes,
Sans ce bel escriuain qui differe ta mort.

Que dis-ie il la differe ? en depit de l'Erébe,
Et du Temps, à qui rien ne peut faire d'affront,
Ton iour sera sans nuit, tant que l'on voye à Phœbe
N'auoir plus d'inconstance aux cornes de son front.

Quoy, pourra donc quelqu'vn vsant de violance,
Commander sur Nature, & forcer le Destin ?
Puis qu'on void le trespas suyure nostre naissance,
Et le commencement presupposer la fin.

Le Ciel ne borne rien d'immortelle duree:
Vn iour ces clairs ruysseaux par ces prez murmu-(rans
N'enuoiront plus leurs eaux au vieil pere Neree,
Et ces arbres mourront abbatus par les ans.

STANCES.

Ces rochers dont le fête etançonne les nuës,
Esgallez aux vallons seruiront de guerets:
Et où soulloyent brouter les cheurettes cornuës,
Le moissonneur tondra les cheueux de Céres.

Ouy bien tout celà meurt: mais non les beaux ouurages
Qu'Apolon va dictant dessous ses lauriers verds,
Les presens des neuf sœurs vont despitant les aages,
Et ne mourront iamais qu'en mourant l'vniuers.

Par là, ton grand autheur, ô Dryade fidelle,
A peu rendre le dard de la mort espointé,
T'ayant fait amoureuse il te rend immortelle,
Et par ta mort te guide à l'immortalité.

Ce bel esprit & toy courez mesme auanture,
Au temple de memoire engrauez à iamais.
Car s'il te va tirant hors de la sepulture,
Tu le vas dispensant d'y entrer desormais.

Vous trainez ici-bas fort longues destinees,
Mais en fin par la mort vostre aage est arresté:
Et luy n'a point conté ses cinq fois quatre annees,
Et nonobstant peut viure à toute éternité.

Viuant, ô belle Nymphe, en toy sera son viure:
Tu l'iras retirant des riues de là-bas,
Son liure vit par luy, tu viuras par son liure,
Et luy viura par toy malgré le dur trespas.

DE RAZYRE.

A v

ENTRE-PARLEVRS.

Le Siluain,	*amoureux de la Dryade.*
La Driade,	*amoureuse de Mirtin.*
Mirtin,	*Chasseur.*
Celidon,	*amoureux d'Ydamie.*
Ydamie.	
Melice,	*amoureuse de Terpin.*
Terpin,	*Berger.*
Herlin,	*Magicien.*
Arbas,	*amoureux de Pasquise.*
Pasquise,	*Nymphe de Diane.*
Periste,	*Nymphe.*
Cidon,	*amoureux de Melice.*
L'ombre de Medon.	
Norcen,	*amoureux d'Ydamie.*
Satyre.	

LA DRIADE AMOVREVSE, PASTORALLE.

De l'inuention de P. Troterel ſieur d'Aues.

PREMIER ACTE.

SCENE PREMIERE.

LE SILVAIN.

V me l'auois bien dit petit fils de Ciprine,
Que ton feu bruſleroit quelque-fois ma poictrine,
Et que ie te ſerois vn iour plus aſſeruy
Que ne le fut iamais aucun qui t'ait ſuiuy:
Mais auſſi que l'obiet dont ie ſerois eſclaue,
Seroit des beaux le beau, des plus braues le braue,
Qu'il ſeroit tout parfait, & que ſon port hautain

Sembleroit plus diuin que nul du genre humain:
Digne de quelque Dieu, bien plustost que d'vn homme
Subiet aux loix du sort & que la mort assomme.
Las! tu m'en fus oracle vn iour dedans ces bois,
Imitant d'vn Echo la prophetique vois:
Mais moy, trop imprudent, riois de ta parole
Folement, l'estimant mensongere & friuole,
Pensant certainement que le rompu parler
Qui prouenoit de toy, fust la fille de l'air,
Qui souuent aux passans dans vne grotte austere
Respond le dernier son de la voix qu'il profere,
Car ie ne sçauois-pas, comme depuis i'ay sceu,
Que maint amant estoit de la sorte d'esceu,
Et que tu te plaisois dessous vn feint langage,
Luy presager d'aymer l'agreable seruage.
Puis que l'euenement ensuit donc tes propos,
Et que i'en sens l'effect poignant iusques aux os
Amour, las! ayde-moy, & fais que ma maistresse
Ne m'aille plus vsant d'vne telle rudesse.
Desià par quatre fois elle m'a fait refus,
Me rendant estonné & de honte confus.
Naure, blesse son cœur d'vne tranchante vire,
Sy qu'apres de m'aymer bien-fort elle desire.
Ainsi, quand tu voudras sans en estre empesché,
Puisses-tu reposer prez ta belle Psiché:
Sans que ces foles sœurs d'vne meschante enuie
Viennent troubler la paix & l'heur de vostre vie.
Ainsi toute beauté plie sous ton pouuoir,
Sans que de l'y forcer tu te mette en deuoir.
Les Deitez du Ciel ministres du tonnerre
Reuerent ta vertu, comme ceux de la terre.
Et du fleuue d'oubly le tirannique Roy,
Ainsi comme iadis obeisse à ta loy.
Et dedans l'Oceau, les Tritons & Neptune

Sentent de ton brandon la flamesche importune.
Et parmy les forests, les Nymphes & Siluains,
Sentent pareillement ton ardeur en leurs seins:
Bref qu'il ne soit icy dessous cet hemisphere,
Chose respirant l'air qui ne t'ayme & reuere.
Or sus guide mes pas (Amour) par tous les lieux
Où, diuin, tu cognois que luisent les beaux yeux
De ma belle Driade, & fais en telle sorte
De cette fois icy qu'amour elle me porte,
Empeschant que de nul ie ne sois descouuert.
Ains fais, fils de Venus, que mon corps soit couuert
De l'vn à l'autre bout du voille d'vne nuë,
Comme iadis celuy d'Ænée, dont la venuë
Causa tant de tourment à la Royne Didon,
Qu'elle en receut en fin la Parque pour guerdon.
Amour, qu'est-ce celà, ah! tu me fauorise,
Dans ce proche taillis ma Dryade i'auise:
Inspire mon esprit & luy dicte vn discours
Qui la puisse esmouuoir à me donner secours,
Qu'il soit si bien poli, & si fort pathetique,
Qu'il me rende amolly son cœur par trop pudique.

SCENE II.

Le Siluain. La Dryade.

Le Siluain.

MOn destin à propos m'a conduit en ce lieu
Pour voir vostre beauté pour laquelle ce Dieu
Qui commande vainqueur au ciel & en la terre,
Me fait iournellement vne cruelle guerre,

Sans me donner de treuue & permettre qu'vn peu
D'allentour de mon cœur s'amortisse son feu,
Non-plus que s'il estoit celuy-là qui sans cesse,
Art dans le temple saint de Veste la Deesse:
Qui va tousiours gardant vn feminin troupeau
De peur que l'alliment ne faille à son flambeau.
Vostre perfection est du sien la matiere,
Qui le va fournissant d'vne belle lumiere:
Et le penser de vous qui vient mentretenir,
Est le garde soigneux qui l'empesche finir.
Ie n'ay point de repos & quelque part que i'aille,
Tousiours vn fort desir me point & me trauaille:
Si ie suis en ces bois tout seullet escarté,
Au deuant de mes yeux vostre belle beauté
Se vient representer occupant ma pensee
De la derniere fois ou ie vous ay laißee,
Tant Amour sa poison a coulee en mes os,
Si ie parle à quelqu'vn se ne sont que sanglots,
Souspirs entre-coupez & ne puis qu'à grand peine
Parfois de mes poulmons respirer mon alleine:
Voilà belle comment & de nuit & de iour
Ie souffre du tourment pour vostre cher amour,
Sans pouuoir atirer vostre obstiné courage
A me donner le bien qui peut finir ma rage.
Helas! belle pourquoy ne voulez-vous m'aymer?
Qu'est-ce qui vous pourroit en ce subiet blamer?
Sommes-nous pas esgaux en grandeur & richesse?
Suis-ie pas demi-Dieu? vous Dryade Deesse?
Autre inegalité n'est entre-vous & moy,
Sinon celle qui fait que vous me donnez loy,
I'entens vostre beauté, beauté qu'on voit si belle,
Que ie voudrois mourir cent fois pour l'amour d'elle,
S'il est qu'vn demy-Dieu soit subiet à la mort,
Et comme les humains la reçoyue du sort

Mais que dis-ie mourir? las! assez ie trespasse,
Mon ame sort de moy, & dans vous (belle) passe,
Et ne vous trouuant-point disposee à son bien,
Meurt dedans vostre corps ainsi que dans le sien.

La Dryade.

Et bien auez-vous fait vostre belle harangue?
Ma foy vous dites d'or, vous auez bonne langue:
Durant ce beau discours, ie n'ay eu le pouuoir
De vous dire vn seul mot ny m'en mettre en deuoir,
Ains pensois vous oyant, ouyr le dieu Mercure,
Quand pour le grand Iupin quelque fait il procure:
L'auez-vous point prié, que pour vous secourir
Vous ait gratifié de si bien discourir?
De tous les demy-Dieux la trouppe grande & belle,
Qui fait dedans ses bois sa demeure actuelle,
Ie n'en cognois-pas vn, ny ne s'en trouue aucun
Qui soit ainsi que vous aux myrthes importun,
Ny qui vienne à tous coups d'vne sotte parole,
Nous reciter l'ennuy d'vne passion fole.
Si vous sentez d'Amour le consumant flambeau,
D'autres Nymphes il est de visage aussi beau
Et de teint comme moy ausquelles sans rien craindre
Vous pouuez descouurir le mal qui vous fait plaindre,
Sans venir deuant moy à toute heure, en tous lieux,
Me tenir ces propos qui me sont ennuyeux.
N'estes-vous point encor content de la responce
Que ie vous fis vn iour? ah vrayment ie renonce
A vous en faire plus, puis qu'elle n'a esté
Assez forte d'auoir vostre amour arresté.

Le Siluain.

Hé Dieu! que dites-vous? las! comment auroit elle

Le pouuoir d'arrester vne chose, laquelle
Le pere Iupiter qui gouuerne les cieux,
Ne sçauroit empescher, ny tous les autres Dieux,
Ny mesmes cettuy là qui par la voute ronde
Esclaire chacque iour de sa lampe le monde:
Ny celuy qui brandit les piques & les dards,
Parmy les escadrons des belliqueux soldats:
Ny celle qui des bois est la dame & Deesse,
Que vous allez suyuant, comme elle chasseresse.

La Dryade.

Quoy que dites-vous là? estes-vous si hardy
De parler de Diane ainsi qu'vn estourdy?
Si elle le sçauoit, par son nom ie vous iure
Qu'elle vous puniroit d'vne peine bien dure:
Comme elle fit iadis ce mal-heureux chasseur,
Qui dans vne fontaine oza voir sa blancheur:
Et cet autre qui or le ciel d'vn astre pare:
Tesmoins bien euidents de sa chastete rare.
Mais quoy! l'on ne sçauroit empescher de mentir,
Le commun de celà ne se peut diuertir.

Le Siluain.

Belle, ce que i'en dis n'est pas pour luy desplaire,
Mais parce qu'à mon dire, il estoit necessaire
D'amener vne exemple à fin de le prouuer,
I'ay voulu celle-là promptement vous trouuer.
Aussi qu'il est certain que vostre forestiere
Vit vn iour de l'amour son ame prisonniere,
Aymant nostre Dieu Pan, qui pour vne toison
Cueillit la prime fleur de sa ieune saison.
Et le croyez pour vray, si de hazard encore

Vous l'allez ignorant, car tant elle n'abhorre
Ce plaisir en effect comme elle en fait semblant:
De ses Nymphes aussi le troupeau s'assemblant
Pour la suyuir aux bois, mainte s'est esgaree,
Pour chercher l'amoureux dont estoit desiree.

La Dryade.

Quand il seroit ainsi que Diane eust aymé
Le dieu Pan, des Bergers en ces lieux renommé,
Comme celà n'est-pas, est-ce pourtant a dire
Qu'il faille l'ensuyuir? non, ie ne le desire
Nullement quand à moy: & fust-ce Iupiter,
S'il commettoit du mal ne faudroit l'imiter.
Et qui commet du mal de la façon s'abuse,
Car la faute d'autruy ne luy sert-point d'escuse,
Ains plustost le condamne & fait qu'il est repris,
D'autant que par l'exemple il deuoit estre apris.
Pour cecy vous n'auez a me dire autre chose
Pour ce subiet, voilà vostre bouche bien close.

Le Siluain.

Non-est-pas, car encor i'ay dequoy vous payer.
Et pour vous repartir sans long-temps dillayer.
Dittes-moy ne faut-il pas ensuyuir les sages,
Qui sont de la vertu les viuantes images:
Et croire pour tres-bon ce que leur bel esprit
A trouué profitable & laissé par escrit
Pour l'vsage de viure: & ce qui n'est a faire
Et qui pourroit aux Dieux ennuyer & desplaire.
Certes ils n'ont-point dit & n'a-t'on entendu,
Que ce plaisir soit d'eux repris ou deffendu.
Au contraire ils l'ont dit vtile & necessaire

Pour de la dure mort le pillage refaire.
Mais il faut neantmoins sagement en vser,
Et non comme d'aucuns, villains en abuser:
Il faut estre secrets, en sorte que personne
N'en puisse rien ouyr qui apres en raisonne.
Et voilà belle tout, voilà tout le danger
Qui s'y peut rencontrer: Ne craignez a changer
Pour celà le vouloir que vous auez de viure
Chaste parmy ces bois, & n'ayez peur de suyure
Cupidon pour Diane, & me faites l'honneur
De m'appeller du nom de vostre seruiteur.

La Dryade.

Ie ne vous croiray pas, ie ne suis si legere
D'abandonner ma foy à chose mensongere
Comme est vostre claiol caut a sophistiser,
Pource cherchez ailleurs subiet a deuiser.
Vous me preschez en vain & perdez vostre peine.

Le Siluain.

Cōmēt demeurrez-vous donc tousiours inhumaine?

La Dryade.

Adieu c'est trop tardé, il m'en faut en aller.

Le Siluain.

Belle que ie vous puisse encor vn mot parler.

SCENE III.

Celidon. Mirtin.

Norcen. Terpin.

Celidon.

Vous n'estes-pas menteurs, amants qui par vos carmes
Souspirez chaque iour les cruelles alarmes,
Dont amour vous assaut armé d'vne beauté,
Qui tant plus que l'aymez durcit en cruauté:
Ce n'est-pas fiction le mal qui vous martyre,
La gayeté du cœur ne vous le fait escrire
Ainsi que ie pensois, ignorant de l'amour,
Que fissiez seullement par forme de discour,
Alors que vostre sang bouillonne de ieunesse,
Pour de vos beaux esprits monstrer la gentillesse.
Ainsi le casanier iuge des faits de Mars,
Sans auoir esprouué vn seul de ses hazars:
De mesme le pasteur qui par les champs habite,
Iuge de ceux qui vont flottant sur Amphitrite:
De mesme l'ignorant qui n'a iamais appris,
Veut iuger du labeur des plus doctes esprits:
Et le sain & gaillard qui ne fut onc malade,
De celuy que le mal à tout' heure bourrade.
Ainsi moy n'ayant-point esprouué le pouuoir
De ce petit archer, ie le crois n'en auoir
Sur les autres, non-plus qu'il auoit sur moy-mesme,
Tant i'auois l'esprit plain d'vne lourdise extresme:

Faisant comme beaucoup des hommes du iourdhuy,
Qui par leurs actions iugent celles d'autruy,
Pensant que tout ainsi qu'est bien fait le visage,
Que de mesme le soit le perfide courage,
Dont à bon droit Momus reprit le dieu Vulcan
(Des Cyclopes fameux le chef maistre de cam)
Quand son homme il bastit de ce qu'en la poictrine
Il ne luy fit vn trou couuert d'vne verrine,
Pour iuger à trauers ce qu'il tenoit caché
Alentour de son cœur de bon, ou de peché.
Or ie cognoy ma faute, & la peine i'en porte,
Pour auoir fait d'Amour iugement de la sorte:
Il enflame mon cœur, contre-moy despité,
Et me fait exprimer que c'est trop verité
De ce que maint amant, blessé de sa pointure,
A chanté de ses dards, d'vne belle escriture.
L'autre iour que i'estois au seruice de Pan,
(Au grand que l'on luy fait à la fin de chaqu'an)
Ie vis vne beauté, des belles la plus belle,
Qui captiua mon cœur auparauant rebelle:
Amour estoit logé dans ses yeux reluisans,
Qui lança dans les miens ses brandons plus cuissans:
Sy que depuis ce temps au fond de mon courage
Ie n'ay point d'autre bien qu'adorer son image,
M'egarer au penser de ses perfections,
Et pour elle combattre vn hot de passions
Qui me fait à tous coups penser vn artifice,
De luy pouuoir offrir mon fidelle seruice:
Luy dire comme amour pour elle me tient pris,
Et pour ce qu'elle n'ait mon seruage à mespris.
Mais quoy? Celidon, quoy? veux-tu doncques te rẽdre,
A ce premier assaut sans vn peu te deffendre?
Le genereux guerrier ne se rend au plus fort,
Sans auoir fait premier maint belliqueux effort.

Tesmoing de la vertu qui dans son cœur demeure.
Que sçais tu si l'amour qui te poinct à cette heure,
Continura tousiours d'estre victorieux,
Voyant que de te vaincre il t'est laborieux?
Conserue ta franchise & ne te laisse faire
De ce fils de Venus esclaue tributaire.
Maint peuple au temps passé a mieux aymé mourir
Ou combatre vaillant, que la laisser perir.
Et toy du premier coup, à la moindre menace
De ce Roy des amants tu perdras ton audace:
Non-fay: mais bien plus-tost d'vn saut Lucadien
Estoufe promptement son flambeau Paphien.
Celidon que dis-tu? aurois-tu la puissance
D'vne si belle amour suffoquer la naissance,
Dont les Dieux ont l'obiet de beauté tant orné,
Qu'il ne peut estre à nul d'icy parangonné.
Suis l'Amour, suis l'Amour, & mets ton industrie
A conquerir le cœur de ta belle a damie.
Tu viuras plus content dessous ses douces lois,
Qu'a chasser les cheureuils & les cerfs dans ces bois,
Car peut-estre qu'ayant ton amour entenduë,
Elle sera pour toy d'Amour tout' esperduë,
Et sera toute fiere & contente dequoy
Elle aura rencontré vn tel amant que toy,
Qui n'est-point trop lourdaut, ny d'vn lieu mecanique
Estant iadis extrait d'vne race heroique.
Voicy venir Mirtin, finisson ce discours,
Car il ne prend plaisir d'ouyr parler d'amours:
Ains c'est tout son plaisir que folement se rire
De ceux qu'il voit espris de ce plaisant martyre.

Mirtin.

Pan te gard Celidon, comment te porte-tu?

Celidon.

Fort bien pour te seruir, & toy. M. *bien.* C. *où vas-tu?*

Mirtin.

Ie te venois chercher. Cel. *tu es donc hors de peine,*
Me voicy pour ton bien. M. *Ie croy que quelque haine*
Tu couues contre moy, ayant bien tant esté
De temps de ton Mirtin, tristement absenté,
Qui t'ayme par sus tous les hommes de ce monde,
Pour la sainte vertu qui dans ton cœur abonde.

Celidon.

De la hayne, Mirtin, ie n'en pourrois auoir
Contre vn qui comme toy à sur moy tout pouuoir,
Et que i'ayme plus fort que Damon son Pitie,
Et qui est de mon cœur la plus grande partie,
Pource tu me fais tort de me parler ainsi.
Mais c'est toy, mon Mirtin, qui n'as plus de soucy
De moy ton Celidon. Mir. *Que dis-tu ma chere ame,*
Comment voudrois-tu bien me donner vn tel blasme?
Plustost aux bas enfers regnera la pitié,
Que de voir alterer iamais mon amitié.
Mais changeons de propos, & me dy mon fidelle,
Depuis nostre depart quelque neufue nouuelle.

Celidon.

Ma foy ie ne sçay rien qui vaille le conter.
Mais toy mon cher Mirtin. Mir. *Ie te veux reciter*
Vne chose qui m'est depuis peu suruenue,

Qui de beaucoup de gens est à present cognuë.
Ie perdy l'autre iour, courant parmy ce bois
Aprez vn petit fan, mon arc & mon carquois:
Mais le Destin aprez me fit sous vne espine,
Trouuer ce bel espieu d'vne trempe bien fine,
Que ie crois contenir en soy quelque vertu,
Pour en auoir vn Ours sans trauail abatu
Hersoir, comme Phœbus panchoit dedans sa couche,
Sans auoir contre luy qu'vne seule escarmouche.
Pour mon arc, l'on m'a dit que le Berger Terpin
Le trouua l'autre iour acroché sous vn pin,
Mais qu'il n'a pas desir de iamais me le rendre,
Si de force chez luy ie ne le vois reprendre.

Celidon.

Qui, Terpin ce Berger, est-il bien si hardy
De s'ataquer à toy. M. Croy ce que ie te dy.

Celidon.

C'est vn gentil galland, ô Dieu qu'il est pauure hôme
De t'offenser ainsi. M. Il faut que ie l'asomme,
Pour seruir d'vn exemple aux Pasteurs aduenir.

Celidon.

Laisse m'en faire, ha! si ie le puis tenir,
Ie luy feray porter du bois à la cuisine.

Mirtin.

Ce n'est plus des Pasteurs que fraude, que rapine,
L'on oit à tous les coups ces plaines & ces bois

Retentir sous le son de la plaintive voix
De ceux a qui leurs mains ont fait quelque pillage,
Hier encore Herlin couché dessous l'ombrage
De l'arbre consacré à la mere des Dieux,
Ronflant le doux sommeil coulé dedans ses yeux
Entendit son matin japer à gorge plaine
Apres vn larronneau, qu'on nomme tire-laine,
Qui derroboit sa laure, & fuyant l'emportoit.
Herlin courut apres, mais voyant qu'il hastoit
Ses pas trop vistement, entrecourt aux paroles
Qui font les prononçant les roches estre molles.
A l'instant le larron, court demeure arresté,
Comme si d'vne corde il estoit garroté:
Et Herlin l'aprochant, ainsi qu'vne tempeste,
Luy desserre cent coups sur le dos, sur la teste,
Luy fait crier, harau, & se met à genoux:
Sy que tous les Pasteurs en voyent comme fous,
Et moy qui de liaz [illegible] à cette troupe,
En ris tant, que quasi i'en oubliay ma trousse
Et mon arc desrobé par le Terpin Berger,
Dont i'espere bien tost si dieu plaist me vanger.

Celidon.

Qui n'eust rit eust esté vn second Heraclite:
Si i'y fusse arriué, Labderois Democrite,
Non, iamais ne rit tant de l'estat des humains,
Que i'eusse fait voyant ces deux iouer des mains.

Norcen.

Pan vous gard mes Pasteurs, & Pales la Deesse.
Que faites vous icy sous cette ombre espesse?

Celidon.

Celidon.

Nous, nous y reposons ensemble ce matin.
Et toy-mesme Norcen, où prens-tu ton chemin.

Norcen.

A ce roc que tu vois le long de la riuiere,
Qui baigne nos pastis de son eau fontaniere.

Celidon.

Quelle affaire, dis-moy, te maine en cette part?

Norcen.

Nule, sinon des ieux, recoure vn peu ma part,
Qui si feront bien-tost par Herlin le vieux Mage,
A qui les noirs esprits d'Auerne font homage.
Tous les Pasteurs d'ici y courent par troupeaux,
Pour auoir le plaisir de ces ieux tous nouueaux.
Les Bergeres aussi, & les Nymphes, compagnes
Des bois, & des iardins des champs & des montagnes,
Y vont toutes en hot, auec leurs amoureux,
Qui de l'occasion se tiennent bien-heureux,
Pour auoir le moyen & le temps de leur dire
Combien pour leur amour ils souffrent de martire:
Voicy venir Terpin, qui mesme y vient aussi.
Mais adieu, ie me tiens trop longuement ici.

Celidon.

Adieu, voila qui vient ainsi qu'on le desire.

Mirtin.

Taissez-vous ie vous vois tantost bien faire rire.
Voyez-vous cet espieu de tant de couleurs paint,
I'en sonneray tantost vn rude tocque saint
Sur le dos de Terpin, mais, mot ie vay nostre homme,
Cachez-vous Celidon. Villain que ie t'assomme
De ce pesant espieu: tu mourras cette fois,
Si tost tu ne me rens mon arc & mon carquois.

Terpin.

As-tu l'esprit troublé d'vne fureur bachique?

As-tu perdu ton sens ? quel ver-coquin, te pique?

Mirtin.

Aproche tu verras, larron approche-toy.

Terpin.

Ha c'est bien approché, non-feray par ma foy:
Car l'on dit qu'il se faut tousiours garder d'orage,
Et d'vn chien que l'on voit estre espris de la rage.

Mirtin.

Tu veux donc me gausser? reçois de cet espieu
Le coup de ton trespas. Ter. *Ah ! ie suis mort, adieu.*

Celidon.

Hé comment est-il mort ? fuyons de cette place,
De peur qu'il nous arriue encor quelque disgrace.
Car iamais vn malheur ne nous vient, qu'apres luy
N'en arriue vn plus grand, qui comble nostre ennuy:
Tant ils sont attachez ensemble d'vne chaine,
Qui trouble à tous momens la pauure vie humaine.

SCENE IIII.

Melice. Herlin. Terpin.

Melice.

L'On conte que le fils du Ciel a tel pouuoir
En son cours, qu'il nous fait à la fin receuoir
L'obiet de nos desirs : quand auons la constance
Tant soit-peu d'endurer auecques persistance.
Mais moy, ie croy que non, puis qu'il a desià fait
Vn lustre sans auoir mon desir satisfait,
Depuis le triste iour que mon ame rauie
Des beautez d'vn Pasteur, eust d'y viser enuie:
Et si ie ne sçais-pas encore si ie doy

A son plus auenir adiouster quelque foy,
Veu que de ce premier qui s'est coulé si viste,
Mon espoir est moqué, & ma flame seduite,
Sans me voir (ô malheur) non-plus en mon amour
Auancer tant soit-peu, qu'au point du premier iour:
Et si i'ay pratiqué, negosant cet affaire,
Tout ce qu'à l'auancer il estoit necessaire:
Mais en vain tout cela, car mon cruel amant,
Plus ie l'ayme, à le cœur vestu de dyamant
Qui ne veut s'atendrir pour mes pleurs, ny mes peynes:
Que si ie cognoissois que le sang de mes vaines,
Comme celuy du bouc le peut faire amolir,
Par de larges canaux ie le ferois iallir.
Quelqu'vn en m'escoutant faire cette complainte,
Qui tesmoigne que i'ay l'ame d'amour atteinte,
Dira que si le temps ne me peut alleger,
Que c'est le dur destin (que ne sçauroit changer
Mesmement Iupiter) qui cruel si oppose,
Et malgré tout effort de nos desseins dispose:
Ou que c'est le fatal du signe gouuerneur
De mon n'aistre, qui fait m'arriuer ce malheur.
Mais moy ie luy respons que c'est pure folie:
Et que son influant nos volontez ne lie.
Car les feux attachez au celeste pourpris
Ne peuuent qu'incliner, non forcer nos esprits:
Mais quoy, me dira-ton, qu'est-ce donc qui t'empesche
L'effet de ton desir? & qui fait que se seche
Sa fleur, sans endurer qu'elle enfante le fruit,
Si ce n'est l'vn des deux, qui m'auuais, la destruit.
Non, c'est la cruauté de Mirtin trop rustique,
Qui n'a d'ambition, que d'auoir, mecanique,
Vn troupeau de brebis en pasture en son parc,
Et d'aller en ces bois tirer aueceque l'arc,
Où c'est que l'on m'a dit, de peu, qu'il est encore,

Estant party ce iour dés le poinct de l'aurore
C'est le motif qui fait que ie viens en ces lieux,
Pour iouyr du plaisir du regard de ses yeux:
Et pour le requerir, pour vne fois derniere,
De vouloir accepter ma redite priere:
Ou bien de mettre fin au filet de mes iours,
Et par mesme moyen à mes longues amours:
Car de languir tousiours sans espoir de remede,
Est vn mal qui tous maux en ses effets excede:
Mais quoy! que voy-ie là? est-ce beste ou Berger,
Ie ne sçay si de voir il y aura danger.
O bons Dieux qu'elle veuë! ô pauure creature,
Tu vois ton cher Terpin prest d'estre en sepulture:
O Deitez du Ciel! ô cruauté du sort,
D'auoir vn tel amant fait passer par la mort:
Helas! vit-il quelqu'vn si tygre & si barbare,
Qui ait ozé tuer vne beauté si rare!
Qui pouuoit de l'esclair qui brilloit dans ses yeux,
Faire vn doux agnelet d'vn lion furieux:
Non les Feres des bois n'ont esté si cruelles
D'auoir vuidé de iour tes funestes prunelles.
Caron ne peut trouuer chasseur qui plus que toy,
Peut remplir leur courage & d'horreur & d'effroy.
En ayant mainte-fois renuersé contre thee,
Attaintes du poignant de ta fleche tiree.
Et iamais la brebis n'euite tant les loups
Qu'on les voyoit gauchir aux foudres de tes coups.
Mais las! approchons-nous & voyons quelle lame
A peu son corps si beau faire vef de son ame
Et s'il est du tout mort & s'il respire plus
Et s'il faut le loger dans le tombeau reclus.
Mais quoy? ie ne voy-point dessus luy de blesseure
L'auroit-on assommé de quelque barre dure
Ou bien, qu'il fust ainsi, est-il point extase

Ainsi que l'autre iour l'estoit, Antipasé.
Ie m'enuois luy taster & le poux & l'haleine,
Puis ie courray querir de l'eau d'vne fontaine
Si celà i'apperçoy, afin de l'asperger.
O bons Dieux s'en est fait il est mort mon berger,
Ses iours sont terminez & la cruelle Parque
Ià l'a fait deualler dans la Cheronne barque:
Son bel esprit est or sous l'arbre de Cypris,
Aux champs Elisiens auecque les espris,
Qui sont pour leurs vertus bourgeois de telle place,
Plaine de tout plaisir, & de ioye & de grace,
Melice mais toubeau, pourquoy pleures tu tant
Vn amant obstiné, qui demeuroit constant
A ne vouloir t'aymer? est-tu si charitable,
De plaindre cettuy-là qui te rend miserable:
Qui viuant ne voulut ta langueur secourir,
Et qui prenoit plaisir à te faire mourir.
Plustost rēds grace aux Dieux d'auoir mis sous la lame
Celuy qui dans ton cœur auoit soufle la flame
De l'enfant de Venus, qui te va consumant,
Car l'aliment luy faut deffaillant ton amant.
Celuy ne s'ayme pas & n'est digne de viure,
Qui pleure son haineux quand la mort l'en deliure.
Mais las! que dis-ie, helas! ay ie les sens troublez
Des ennuis en mon cœur par sa mort redoublez?
La douleur me fait-ell' tomber en frenaisie.
Ainsi comme iadis cette Royne d'Asie?
Lors qu'elle vit occis ses fils & son espoux,
Et son Palais en feu, par le Gregeois courroux?
Non, pleure son trespas: il n'est haine si dure
Qui ne prenne sa fin, lors que la sepulture
Ecclipse de nos yeux le front d'vn ennemy,
Que nous plaignons parfois quand la mort la blesmy,
Et nostre cruauté à la pitié sucombe,

Lors que nous le voyons l'habitant d'vne tombe:
Tesmoin ce grand Cæsar qui s'atendrit le cœur,
Quand il sçeut le deceds du mary de sa sœur.
Pleure donc son trespas, & d'vne triste plainte
Fais cognoistre l'ennuy dont ton ame est atteinte,
L'on ne voit icy-bas rien qui soit de si beau,
Qu'aymer encore apres la cendre du tombeau,
Aymer durant la vie est chose assez vulgaire,
Mais apres le trespas celà ne ce voit guere:
Signalle dont ton nom par vn si rare effet,
Et par-là mets au iour ton amour si parfait.
Ou bien prens à patron l'amie de Pyrame,
Qui le voyant deffunt rendit sur luy son ame.

Herlin.

Ie sors à pas aislez de l'obscur de ce bois,
Pour cognoistre l'esclat d'vne dolente voix
Que i'oy tout-prez d'icy: De quiconque soit elle,
Elle plaint la douleur d'vne peine cruelle.
O Nymphe qu'auez-vous a lamenter si fort?

Melice.

Ie pleure mon amy que voylà roide mort.

Herlin.

Vostre amy, las! bons Dieux, quelle triste auanture.

Melice.

Mais encor ce qui plus me bourrelle & torture,
Est que ie ne cognois-point son meurtrier meschant.

Herlin.

A-til esté tué de quelque fer trenchant.

Melice.

Las nennin, car sur luy ie n'en voy nule trace.

Herlin.

Non belle, il n'est deffunt: ie cognois à sa face,
Que la Parque qui clost sans lumiere ses yeux.

N'est que le faux effect d'vn charme stigieux:
Et pour vous faire voir mon dire veritable,
Ie m'enuois le toucher de ce baston d'erable,
Qui tout caracteré de mots, a le pouuoir
De faire les deffunts dans le tombeau mouuoir,
Qui veut descharmer ceux qu'vne vieille sorciere
Semble auoir enfermé dans la froide biere.

Terpin.

O trop tardif vieillard ô bastelier Charon
Que ne me passes-tu le fleuue d'Acheron?
Sans me laisser ainsi si long-temps sur la riue,
Afin qu'estant passé, aux Eslisez i'arriue
Auec les bien-heureux, pour auoir à grand tort
Au monde par traison receu la dure mort,
Et passe, quand & moy l'ombre gresle, & legere
Que ie voy prez de toy, d'vne belle Bergere
Qui durant mon viuant au terrestre seiour
Brusloit sans m'eschaufer du feu de mon amour,
Et lors que le destin a finy nostre vie,
De l'aymer icy-bas il me prend vne enuie.
Mais, ô Nymphe dis-moy, quel destin malheureux,
En l'Auril de tes ans, t'a tué rigoureux?

Melice.

Dois-ie croire à mes yeux? comment est-il possible
De ranimer vn corps, dont l'esprit inuisible
Croit estre encor là-bas aux riues d'Acheron,
Et pense en vous voyant voir encore Charon.

Herlin.

Non, Berger, ie ne suis le patron du nauire
Qui passe les esprits à l'infernal empire:
Et toy mesmes n'es-pas aux infernaux palus:
Tu es en ces beaux lieux qu'illumine Phœbus
Allors qu'il va courant par cette voûte ronde:
Non, non, tu n'es-pas mort, tu vis encor au monde.

Mais reprend tes esprits, & nous conte comment
L'on t'auoit endormy d'vn tel enchantement.

Melice.

Tu vois donc de rechef cher amy la lumiere
Apres auoir esté iusques prez la riuiere
Qui coulle chez Pluton : quoy donques le destin
N'auoit encor conclu les arrests de ta fin?

Terpin.

Ma Nymphe tu le vois doutte tu n'en dois faire
Puis que toy mesme en és le tesmoin occulaire,
Mais toy, ne veux-tu pas dorenauant m'aymer,
Et sous la loy d'hymen nostre amour consumer?

Melice.

Terpin mon cher amant, mes delices ma vie,
De viser à ce but i'ay tousiours eu l'enuie:
Mais premier qu'en ce fait nous entrons plus auant,
De ton enchantement fais nous vn peu sçauant.

Terpin.

Celà m'est auenu par la main inhumaine,
De Mirtin, qui me hait d'vne immortelle haine,
Pource qu'vn iour chassant vn cerf parmy ce bois,
Ie derrobay, dit-il, son arc & son carquois.
Et tantost que i'allois aux ieux que tu dois faire,
O grand Pasteur Herlin, en ton antre ordinaire:
Il m'est venu guester, & d'vn grand coup d'espieu,
Tout ainsi qu'auez veu, ma tombé sur ce lieu:
D'vn espieu qui bransle iette mainte estincelle,
Et fait egallier des deux yeux la prunelle.

Herlin.

Ce tranchant enchanté dont Mirtin t'a frappé,
Par les signes susdits appartient à Darpé,
Darpé, ce grand Pasteur dont le nom est nottoire,
Pour estre fort sçauant en la science noire.
Ie luy vey l'autre iour qu'il luy seruoit d'appuy,

Et sçay pour le certain que personne que luy
N'en porte en ces quartiers de pareille matiere,
Et qui soit reluisant d'vne telle lumiere.
Il faut qu'il l'ait perdu allant par ces forests,
Et que Mirtin chassant l'ait trouué prez ses rets:
Mais adieu mes Pasteurs icy trop ie me tarde,
Ie vois faire mes ieux, Pan vous tienne en sa garde.

Melice.

Adieu braue Herlin de ce pays l'honneur:
Vostre Hecatte tousiours vous tienne en sa faueur,
En reuenche d'auoir prins pour nous tant de peine.

Terpin.

Or sus allons-nous en ma plus que souueraine,

DEVXIEME ACTE.

SCENE I.

Arbas. Pasquise. Periste.

Arbas.

IE viens sous ce rocher loin d'humains, tout sauuage
Soufler le vent d'vn dueil conçeu en mon courage
Par les aigres vapeurs des villes actions
Des amants de ce temps, peres de fictions,
Non de tous: mais de ceux qui d'vne ame cruelle
Vont trompant & gausant l'amante plus fidelle,
Aprez que trop courtoise à leur affection,
Elle leur a guary leur chaude passion.

O lie des amans ! par vous peste inhumaine,
Les parfaits amoureux meurent ores de peine,
Et marchent, malheureux sous le drapeau d'Amour,
Sans pouuoir obtenir de leurs dames secour:
Par vous maudits, par vous, nos serments veritables,
Ne sont d'elles tenus que pour contes & fables:
Et nos pleurs plus certains, pour ceux de ce poisson,
Qui des ondes du Nil brigade la moisson.
Car le dur souuenir qu'elles ont de leurs fautes,
(Pensant que tous soyet vous) les rend fieres & cautes,
Iugeant le general vous estre tout pareil,
Et tout ainsi que vous de leur bonneur, escueil.
O belles vous errez, vous errez, ie vous iure,
Tous amants ne sont-pas de semblable nature,
Le malheur ne vous vient que de les mal choisir,
Et de ne bien guider vostre amoureux desir.
Encores de ce siecle, ô belles, il s'en treuue,
Qui de leur fermeté ont fait signalle preuue:
Mais premier qu'en quelqu'vn soyent vos affections,
Recognoissez au net premier ses actions:
Vous ne serez beaucoup à les voir apparoistre,
Car l'amant inconstant bien-tost se fait cognoistre:
Il ne peut rien celer, & la moindre faueur
Qu'indigne, il a de vous, il la conte, baueur:
Au contraire, celuy qui loyaument vous ayme,
Plutost que d'en causer souffrira la mort blesme.
Las ! ie suis de ce rang, i'y tiens le plus haut bout,
Et si las ! ie ne puis venir en rien à bout
De l'amour d'vne Nymphe, à qui la belle Erice
A donné le pouuoir d'acquerir mon seruice.
Deux ans sont ià passez, que son bel œil vainqueur,
Par mon astre fatal triomphe de mon cœur,
Sans qu'aye peu iamais par souspirs ny par larmes,
Faire de sa rigueur tomber les rudes armes:

Elle ne prend plaisir qu'a courir par les bois
Quelque beste, & la mettre aux funebres abois:
De la sœur d'Apollon elle est la mieux aymee,
Et pour verser de l'arc, sur toutes estimee:
Encor luy donne-t'on ce beau ternaire pris,
D'estre en rare beauté seconde de Cypris.
Plust aux Dieux qu'elle tint aussi de sa nature,
Et comme elle en amour envers moy ne fust dure.
O Deesse d'amour, ô fille de la mer,
Contraint cette beauté a doucement m'aymer:
Tu le peux Paphienne, il est en ta puissance,
Tout divin, tout humain, te porte obeissance:
Tu sceus iadis ayder le beau Meleager,
Quant tu luy fus querir du fruit de ce verger
Qui brille iaunissant à l'Esperide plante,
Pour arrester le cours de la belle Atallante.
Ce fruit, ô Cyprienne est de grande vertu,
S'il en pouvoit pour moy encor estre abattu,
Et charmeur peust forcer a m'aymer ma maistresse,
Ie t'en remercirois, mille fois, ma Deesse.

Periste.

Pasquise, c'est icy prez ce roc boccager,
Que i'ay veu ce matin vn vieux sanglier fouger,
Que sans point destourner delà dans le boccage,
Suis venue vers vous en faire le message:
Or voyez si pourrez aux traces de ses pas,
Sçavoir si dans ce bois il se bauge ores las.

Arbas.

Accident bien-heureux, bien-heureuse rencontre,
Si ie ne suis trompé, Pasquise à moy se monstre.

Pasquise.

Quel homme voy-ie là! est-ce point vn chasseur,

Periste.

Tu ne iuges point mal, c'est ton Arbas ma sœur.

Pasquise.

Non Arbas, non celà il ne m'est rien encore
Ny ne sera iamais. Pe. Pourtant il vous adore.

Pasquise.

Qu'il aille en autre part doncques voüer ces vœux,
Car ie ne l'ayme-point, ny ne puis ny ne veux.
Ne l'attendon si prez mais fuyon-nous de tire.

Arbas.

Nymphes, où fuyez-vous? ie ne suis pas Satyre,
Qui vueilles impudent vous faire desplaisir:
Que de parler à vous i'eusse vn peu le loisir,
Et puis courez volez viste comme Zephire,

Periste.

Pour chose de si peu, il ne faut l'esconduire.

Pasquise.

Ie sçay bien ce qu'il veut, il m'en bat tous les iours,
C'est pour me discourir de ses foles amours.

Periste.

Et puis escoutez-le, que celà vous importe.

Arbas.

Ias! quand finirez vous vostre rigueur si forte?
M'auez-vous pour souffrir à iamais condamné,
De secours & d'espoir seray-ie abandonné

Pasquise.

Ie sçauois-ie pas-bien qu'il tiendroit ce langage.

Arbas.

Quoy? ne verray-ie point mollir vostre courage
Par le flus de mes pleurs? n'aurez-vous point pitié
De me voir tant souffrir aprez tant d'amitié?
Quel humeur est-ce là? quelle façon de viure?
De broser par les bois & les bestes poursuyure,
Et quiter le plaisir des plaisirs le plus doux,
Pour en exercer vn qui n'est seant qu'à nous.
Belle quitez les bois & les pas de dictine,
Et venez suyure ceux de la gaye Cyprine,

Plus que l'autre elle peut vous faire receuoir
De plaisir & de bien reuerez son pouuoir,
Et d'vn cœur repentant d'auoir esté mauuaise:
A moy vostre amoureux amortissez la braise.

Pasquise.

Mais voyez l'impudence vn peu de ce Pasteur,
Quoy? vistes-vous iamais vn si grand Orateur,
Qu'il est, & qui sceust mieux auecques artifice,
Denigrer la vertu, & haut loüer le vice.
Arbas suffise-toy d'estre tout seul meschant,
Sans vn impur discours encor m'aller preschant;
D'estre de ta caballe, & suyure ton escorte,
Qui fait du bas auerne enfin ouurir la porte.
Celuy merite-bien vn double chastiment,
(Et d'endurer là-bas vn infiny tourment)
Qui ne se contentant d'auoir l'ame inhumaine,
Veut encores autruy verser en mesme peine.

Arbas.

Quoy? belle estimez-vous donc estre vicieux,
Celuy qui saintement adore vos beaux yeux:
Qui n'ayme rien que vous, & qui voudroit sa vie,
Mille fois espancher pour vous rendre seruie.
Qui des grãds Dieux ne veut plus grãd bien receuoir,
Que celuy (bien-heureux) de le vous faire voir:
Et si vous en voulez encor du tesmoignage,
Commandez seulement vous verrez mon courage,
Et cognoistrez par là, que ie ne suis pas faint,
Et que de vostre amour au vif ie suis attaint.

Pasquise.

Arbas, sois faint ou non, si ne pourras-tu faire,
Qu'à t'aymer tant soit-peu mon cœur se vueille attraire
Tu pers le temps en vain, mon inclination
Ne permet que ie t'aye aucune affection.
Tu sçais que maintefois tu m'as importunee

De te vouloir aymer : mais tousiours obstinee
Tu me vois demeurer sans pouuoir eslocher
De mon cœur bien constant l'immuable rocher.
Ie croy qu'il t'est auis que le temps qui tout change,
Pourra par son long cours à la fin rendre estrange
De moy la fermeté, non, non, ne le crois-pas,
Dessus vn braue cœur il ne commande-pas,
Parquoy pour ton profit deschasse de ton ame
Cet amour mal conçeu & fais mourir sa flame.

Arbas.

O barbare rigueur ! ô grande cruauté,
De guerdonner si mal la mesme loyauté :
Las ! donc de mon discours i'ay la graine semee
Sur l'infertil seillon d'vne terre charmee :
Les rumbs de mes souspirs dont ie pensois pousser
Ma nauire à bon port, la font donc enfoncer
Sous les flots du mespris, & font qu'elle se noye,
Des monstres desespoirs la faisant triste proye :
Hé bien il faut perir, puis helas ! qu'il n'est-point
De secours plus present au tourment qui me point :
Vien Parque m'assommer, de bon cœur ie t'appelle :
Vien me faire expirer aux pieds de ma cruelle,
Vien tost, & laisse-là ton arc & ton carquois,
La rigueur de ma Nymphe à cette dure fois
Assez t'en seruira : il ne faut d'autre lame,
Pour de mes tristes iours trancher la fresle trame.
Adieu ie n'en puis-plus, i'approche du trespas,
Et mes yeux voyent desia le fleuue de là-bas.

Periste.

Ha bons Dieux qu'est-ce là, las ! ie croy qu'il expire.

Pasquise.

Vrayment vous dites vray, il sent bien du martyre.
O le cœur genereux ! qu'il est plain de vertu,
D'estre pour vn subiet si debille abatu !

Le desdain d'vne Nymphe (ô bons Dieux! quelle honte)
Des ombres de Pluton luy fait croistre le conte.

Periste.

Vous parlez à vostre aise exente de ce mal,
Qui n'a point icy-bas, à ce qu'on dit, d'esgal:
Mais si de ces excez vous sentiez la torture,
Peut-estre on vous verroit prendre aussi-bien la cure
D'y chercher guerison: voire encor plus que luy,
L'on ne peut par les yeux iuger du mal d'autruy.

Pasquise.

Ne le prenez-pas là, ce n'est qu'vn artifice,
Pour tenter si le dueil me fera du suplice:
Ce n'est rien de nouueau, ce plaissant trait de fol,
Se pratique souuent de ceux qui plains de dol,
Comme luy, vont cherchant de tromper les Bergeres
Par l'atrayant claiol de leurs voix mensongeres.

Periste.

L'on ne sçauroit si bien mentir vne douleur:
Ses yeux priuez de iour & sa paste couleur,
Sont tesmoins trop certains que ce n'est mocquerie,
Ma foy de son tourment i'ay grande fascherie.

Pasquise.

Allons vuidons ce lieu! ô malheureux destin
De nous auoir icy fait venir ce matin.

Periste.

Quoy, que dites-vous là? aurez-vous le courage
De le laisser tout seul mercy d'vn ours sauuage?
Les Dieux vous puniroyent: rien plus ne leur fait dueil
Que la superbité d'vn desdaigneux orgueil.

Pasquise.

Bien tardōs dōc vn peu: mais cachons-nous derriere
Ces gros buyssons de houx. Là marchez la premiere,
Mais qu'il soit despamé, nous aurons le plaisir
De voir ce qu'il fera. Pe. I'ay le mesme desir.

Arbas.

Quoy? mort tu ne veux-pas doncques venir m'occire,
Pour terminer l'ennuy qui me gesne & martyre,
Hé quoy qui te retient? est-ce le grand Dieu Mars,
Voltigeant sur le camp de ses braues soldars?
Quoy ne t'ennuye-tu point de le suyure sans cesse?
Hé veux-tu point venir me desgager d'oppresse?
Las! vien despesche-toy, vien me faire mourir.
Aussi bien rien que toy ne me peut secourir.
Viens fille de la nuit deprisonner mon ame,
Et ne me trompe plus par ton seruiteur Psame:
Assez en ces bas lieux i'ay vescu malheureux,
Il est temps que ton dard me rende plus heureux.

Pasquise.

Si ie l'entens encor proferer sa complainte,
Ie vois faire l'Echo, de grand douleur attainte.

Arbas.

Quoy tu ne viens donc-pas? sus, sus, de ce cousteau
Malgré toy ie me veux loger sous le tombeau, (tombeau.
Qu'est-ce qui parle à moy en ce lieu solitaire,
Quelqu'vn verroit il bien que ie me veux défaire,
Ou bien si c'est Echo? seroit-ce bien sa voix, (sa vois.
Est-ce doncques Echo la Nymphe de ces bois?
Qui souuent a gemy de ma peine cruelle. (elle.
Helas gentille Nymphe à Narcis trop fidelle,
Dy si Madame encor est en ces lieux ou non: (non.
Partant elle n'a craint de tacher son renom,
Et laisser son amant proye de quelque fere:
Dieux quelle cruauté elle ne l'ayme guere: (guere,
Tu dis la verité, & pource mon trespas
Ie me vois auancer, i'y cours tout haut le pas: (pas.
Pourquoy, puis que mon dueil ne finit ny ma peine,
Doy-ie encore esperer qu'elle deuienne humaine: (humaine
Tu m'abuses, Echo; ce seroit perdre temps:

Puis ce ne m'auiendroit ie croy iamais a temps, (à tés
A temps, tu mens Echo, ma fin est trop prochaine:
Mais encore dis-moy, dis-tu chose certaine: (certaine.
Hé bien i'atendray donc mais en quitant ce lieu,
Prens de moy pour paymët vn gratieux adieu. (adieu.

SCENE II.

Celidon. Aibas. YDamie.

Celidon.

PEu souuent nous voyons arriuer vne chose,
Au terme desiré, où c'est qu'on la propose:
Tousiours quelque malheur s'entremet au deuant,
Quād d'vn soing plus prudēt nous l'alons poursuyuant
Et lors que nous pensons la tenir & la prendre,
C'est lors qu'elle nous fuit & ne nous veut attendre.
Telle est la dure loy du destin des humains,
Ce qu'ils pensent tenir s'escoule de leurs mains.
Ainsi on voit souuent tout contre le riuage,
Le nauire flottant faire vn triste naufrage.
Ainsi le voyageur tout contre son ostel,
De la dure Atropos recoit le coup mortel:
Rien, rien n'est asseuré en ce monde où nous sommes,
Ce n'est que vanité de la vie des hommes,
Tout leur plaisir, leur bien n'est qu'vn athome, vn vēt
Que plus qu'vn songe vain l'on voit perir souuent,
Et tel l'on voit ce iour le mignon de Fortune,
Qui demain sentira sa rigueur importune.
Car celuy que l'on voit qu'elle monte plus haut,
C'est pour le faire choir d'vn plus dangereux saut,
Doncques ô fols humains, ayez de ce memoire,

Et pour tous ces bien-faits n'en ayez plus de gloire.
Tout ainsi qu'à Thetis elle a flus & reflus,
Gouuerné par les rais du celeste Phœbus:
Pource en tous ses effets viuez en modestie,
De peur helas! qu'aprez elle ne vous chastie.
Eslisez vn milieu, ny trop haut ny trop bas,
Et sur ce but parfait tenez ferme vos pas:
Beaucoup pour n'auoir tins en ses faueurs de borne,
L'on a veu receuoir vne terrible escorne:
Mais afin de rentrer en mon premier propos,
Rien icy n'est certain que le coup d'Atropos:
Estant la verité que le mortel propose,
Et le grand Iupiter à son plaisir dispose.
L'autre iour que i'estois prez ces bois, à recoy,
Solitaire & pensif, discourant à par-moy
De la nouuelle ardeur qui mon esprit enflame,
Par la grande beauté d'vne gentille Dame:
Et comme ie prenois la resolution
De luy porter discours de mon affection,
Voicy tout aussi-tost mon Mirtin qui arriue,
Qui de mon cher dessein la pratique me priue,
Pource qu'il m'arresta pour luy donner secour
Allencontre Terpin, qui luy ioüa d'vn tour,
Vne fois qu'il chassoit d'vne robuste peine,
Dedans cette forest, le faon d'vne Dainne.
Celà me facha bien; mais il faut qu'vn amy,
Vers l'autre, ne le soit seulement à demy,
Autrement c'est faillir encontre la loy sainte
De la bonne amitié, & violler l'estrainte
Dont iadis elle vnit Damon & Pityas
Dont nous voulons suyuir iusques à la mort les pas.
Or cette fois encor poussé de mesme enuye,
Ie viens en ce quartier pour presenter ma vie
Et ma naissante amour, à la ieune beauté

Qui là tient en prison ma chere liberté.
L'on m'a dit ce iourdhuy, que l'on la rencontree
Auecques son troupeau tirant cette contree.

Arbas.

Où vas tu Celidon ? où dresse tu tes pas?

Celidon.

Pan vous gard cher amy, ie ne vous voyois-pas;
Ma veuë en autre part estoit ores tournee.
Toymesmes où vas-tu acheuer la iournee.

Arbas.

Ma foy ie n'en sçay rien: où le voudra le sort,
Ie voudrois-bien aller où se trouue la mort:
Afin qu'elle mit fin à ma dolente vie.

Celidon.

Comment celà, pourquoy, qu'est-ce qui t'y conuie?
Ho qu'elle cause as-tu d'implorer son secours?

Arbas.

Si tu veux le sçauoir, i'en feray le discours,
Encor que ce penser mes souspirs renouuelle,

Celidon.

Est-ce pour le regret d'vne perte nouuelle?
Il faut patienter, celà nous est commun:
La Deesse sans yeux importune vn chacun.

Arbas.

Ce n'est perte de biens qui fait que ie souspire,
Mais pour en posseder, vn que trop ie desire.

Celidon.

Ton cœur est-il si chaud en ses affections,
Qu'il ne puisse domter ces foles pasions?

Arbas.

Ouy pour ce seul suiet. Mais en toute autre chose,
Ainsi qu'est mon vouloir sagement i'en dispose.

Celidon.

Si faut-il tenir regle au vol de ses desirs,

Et ne souhaiter-pas de trop graues plaisirs
Ainsi qu'vn Phaeton: qu'vn imprudent Iscare,
Qui sont or pour celà au gouffre de Tenare:
Ceux que l'ambition pousse a monter trop haut,
Tombent communement d'vn remarquable saut:
Il faut se recognoistre & peser son merite,
Et sonder si la force est ou grande, ou petite.

Arbas.

Ie ne desire plus que ne peut mon pouuoir.

Celidon.

Si fais, puis que ce bien tu ne sçaurois auoir.

Arbas.

Mais c'est mon dur destin qui m'en deffend l'vsage
Car peut-estre qu'vn iour vn de moindre lignage,
Et de moindre moyen, helas! que ie ne suis,
Se verra pocesseur du bien que ie poursuis.

Celidon.

Nôme-moy quel bien c'est. A. C'est la belle Pasquise
Qui pour la bien aymer me hait & me mesprise.

Celidon.

Periste m'a tantost raconté ce discours,
Et m'a dit combien sont infaustes tes amours,
Et comme en souspirant aux pieds de ta cruelle,
Tu as presque chargé la caronne nacelle.

Arbas.

C'est trop la verité: quand ie viens a penser,
Ie ne desire rien que pouuoir trespasser:
Mes leures aux souspirs donnent libre passage,
Et le flus de mes pleurs me noye le visage:
Mille traits de douleurs me trauersent le cœur:
L'accablant sous le faits d'vne triste langueur.
Ie maudis le moment auquel la filandiere,
Sœur de cloton, me feist saluer la lumiere:
Ou bien qu'elle ne feist qu'vn tenebreux tombeau,

Au leuant de mes iours me seruist de berceau.

Celidon.

C'est en vain de pleurer quand vn mal nous vient poindre,
Car, las! pour tout celà la douleur n'en est moindre:
Il faut estre constant & d'vn cœur genereux
Suporter fermement son destin malheureux.
Les Dieux n'ont icy-bas l'homme mortel fait viure,
Pour qu'il soit ainsi qu'eux de tous ennuis deliure:
Si nous sentons icy les estocs des malheurs,
Pertes, & desplaisirs, tristesses, & douleurs:
C'est, pour qu'vn iour là-haut dans la plaine d'Elise,
Nostre ame de plaisir soit dauantage esprise.
Consolle donc Pasteur ton esprit affligé,
De l'espoir qu'il sera quelque iour degagé
De ses afflictions, dont la darde-pointue
D'vn trespas reuiuant à tout heure la tue.
Sçache encor dauantage, ô gratieux Berger,
Que tout l'estat mondain est subiet à changer:
Ce que tu vois ce iour, demain deuant l'aurore
Sans alteration tu ne verras encore:
La brigade d'Æol de esparse sur la mer,
Tousiours de ses souflets ne la fait escumer:
Ny tousiours Ganimede, vne pluye ne verse
Sur le chef de Céres qui ses cheueux renuerse:
De suporter le faiz des grands Spheres Athlas,
Ainsi que l'on nous dit, ne se voit tousiours las:
Le grand Tirenien quelque-fois le seconde,
Alors que dedans l'air vne tempeste gronde.
Ainsi Pasteur il faut tousiours viure en l'espoir,
Qu'aprez le mauuais temps le beau on pourra voir.
Tu ne vis pas tout seul qui souffre du martyre,
Encor autre que toy pour Cupidon souspire:
Tu as des compagnons & ne fusse que moy,

Pour l'amour d'vn bel œil i'obeis à sa loy:
Consolon-nous ensemble, & fol, plus ne reclame,
Le fonset d'Atropos pour deuider ta trame.
Pour vn subiet si bas il ne faut desirer
Que le fer de ton dard ses iours face expirer:
L'on remedie à tout, fors au coup qu'elle donne:
Mais des plays de son dard il ne guarit personne:
Et dudepuis qu'vn coup nous deualons là-bas,
Pour remonter en haut nous n'auons-pas de pas.
Ton mal, ô cher Arbas, n'est du tout incurable,
L'on le peut secourir, il est remediable.
Pour moy, ie te promets de bien m'y employer,
Et mon petit pouuoir du tout y desployer.
Ie cognois la beauté qui te tient en seruage,
Et pense qu'elle m'ayme, estant son parentage.

Arbas.

Le ciel ne puist donner plus grand felicité,
Que celle d'vn amy en nostre aduersité,
Qui fidelle nous ayme, & nous est secourable
En ce que le destin (mal-heureux) nous accable.
Pource dix mille fois ie rens graces aux Dieux,
De m'auoir fait trouuer en ces terrestres lieux
Vn tel amy que toy, qui consoles ma peine,
Et me promet encor sa fin estre prochaine.

Celidon.

Hé que te seruiroit que ie t'euse cent fois
Iuré de l'amitié, si lors que ie t'en vois
En auoir du besoin, ie ne t'en faisois preuue:
La parole, & l'effet tousiours en moy se treuue.

Arbas.

C'est comme il faut aymer, & non comme vn flateur
Qui nous iure qu'il est nostre humble seruiteur
Et nostre bon amy quand nous n'auons que faire
Aucunement de luy: mais s'il est necessaire

De l'aller requerir pour nous donner secour
En quelque affliction, il nous ioura d'vn tour
De maistre Charlatan, & d'vne fine ruse,
Nous payra de l'aloy de quelque maigre excuse.

Celidon.

Ie hay plus tels ingrats que ie ne fais l'enfer,
Et i'aurois bien le cœur de leur percer ce fer
Au trauers le gosier, fust-ce mon propre frere,
S'il estoit de ces gens, ie le voudrois deffaire.

Arbas.

Or pour ne demeurer donc ingrat enuers toy,
Qui promet secourir mon amoureux esmoy:
Et pour ne ressembler à cette gent susdite,
Que nous auons souuent d'horrible voix maudite:
Ie veux tout en pareil ayder à ton amour,
Promettant mon pouuoir y faire dés ce iour.
Car delà cette haye, en la pree prochaine,
Ta belle fait brouter son troupeau porte-laine.
Allons, vien quand & moy, ie luy vois entamer
Le discours de l'amour qui te fait tant l'aymer,
Elle m'escoutera, & croy que ma parole,
A te vouloir du bien la pourra rendre mole.

Celidon.

Tu m'obliges par trop, & ne sçais-pas comment
Ie pourray reuancher vn tel contentement,
Sinon en te seruant tout le temps de ma vie,
Et tacher d'adoucir l'aigreur de ton amye.

Arbas.

Ne vous amusez-point à ces honnestetez,
Dont les mieux discourants seroyent de vous domtez.
Receuez ces beaux mots a dire à vostre belle
En la priant de n'estre à vostre amour rebelle.
C'est elle que voila sise pres ce rocher,
Allons hastons nos pas il nous faut l'approcher.

Amour, ce grand vainqueur des Dieux & des Deesses,
Vous puisse departir ses plus douces caresses,
O belle ainsi qu'il a tout son plus precieux,
Pour chef-d'œuure versé sur ta face & tes yeux.

Ydamie.

Pasteurs ie vous rens grace, & le prie en la sorte
Qu'à vos desirs d'amour il vous soit bonne escorte.

Arbas.

Nous vous prenons au mot, belle, car son pouuoir,
Seigneuriant vn cœur, nous fait vous venir voir.
Voyez ce beau Pasteur, il brusle son courage,
Et le fait enuers vous adresser son homage.

Ydamie.

I'ay trop peu de beauté pour croire qu'vn Pasteur
Si parfait, se voulust rendre mon seruiteur;
Le vol de son desir en plus haut lieu se dresse,
Et sa vertu luy doit plus gentille maistresse,
L'aigle de son amour vn plus luisant soleil
Souhaitte, pour sonder les rayons de son œil.

Celidon.

Si, Nymphe c'est à vous qu'il dresse sa paupiere,
Et veut estre bruslé de si belle lumiere,
Vn plus luisant soleil il ne peut regarder,
Et qui puisse ses rais plus fort sur luy darder.
L'autre iour qu'il vous vit assister au seruice
Du grand Dieu des Bergers (comme le sacrifice
Se faisoit) vos soleils estans de luy trop pres,
Lancerent dans ses yeux la vapeur de leurs rais.
Qui pour les reboucher leur force estant trop tendre,
Au centre de mon cœur les laisserent descendre.
Et de là se glissants par mon sang le plus pur,
Me liurerent dés lors vn combat grand & dur,
Tournant à vous aymer mon rebelle courage.

Et

Et grauant en mon cœur vostre parfaite image.
Or ainsi que le fer baisé d'vn fin aimant,
Se retourne vers luy comme à son cher amant:
Tout demesme vostre œil calamite des ames,
Ayant touché mon cœur de l'esclair de ses flames,
Va tousiours vous chercher, vueilles donc receuoir
Pour amant, moy qui suis or à vostre pouuoir.

Ydamie.

Pasteur, i'ay desplaisir qu'amour blesse vostre ame
De moy qui ne sçaurois plus estre vostre femme:
D'autant que de long-temps mon pere, malgré-moy,
M'apromise à Norcen, luy en donnant sa foy.
Et veut que ie l'espouse encor que ie ne l'ayme,
Ains, ie voudrois qu'il fust butin de la mort blesme:
Parquoy ie vous supli chassez de vostre cœur
L'amour, puis qu'il ne peut vous causer que langueur.
Ie ne suis-pas à moy, ie despens de mon pere,
Ainsi qu'il veut de moy (sa fille) il delibere.

Celidon.

O Malheureux destin du pauure Celidon,
Esperois-ie de toy vn si triste guerdon?
Aprez auoir esté cinq ou six ans contraire
Au but de mes desseins: te restoit-il a faire
Pour m'accabler du tout, cette derniere main:
Ah! aueugle, meschant, cruel & inhumain.

Arbas.

Retien-toy Celidon, renferme cette plainte,
L'esperance n'est-pas encor du tout esteinte,
D'acquerir l'amitié d'Ydamie, s'elle veut
Le tombeau des amants bien deliurer la peut
De l'hymen de Norcen, & le laissant te prendre:
C'est la loy du pays, l'on ne l'en peut reprendre.

Ydamie.

Pasteurs retirez-vous de peur que quelque Argus

Ne vous voye caché dessous ces bois fueillus,
Et que sa langue aprez n'aille, de ialousie,
Du pastoureau Norcen troubler la fantasie:
Il n'est rien icy-bas qui plus aille nuisant,
Que l'impudent caquet d'vn homme medisant.

Celidon.

Adieu ma belle Nymphe, adieu ma belle aurore,
Adieu dessous l'espoir de vous reuoir encore,
Pensez à Celidon que l'archer de Cypris,
A de vostre beauté esperdument espris,
Faites qu'à son retour vers vostre belle face,
Il se trouue en vn lieu de vostre bonne grace.

Ydamie.

Adieu gentil Pasteur respirez en espoir.
Le temps dessus l'amour tient vn puissant pouuoir,
Et bien souuent il peut (quand l'on s'y monstre sage)
Ouurir aux amoureux pour s'aymer vn passage.
Ne tire plus Amour, ie mets les armes bas:
Les grands perfections, & les mignards apas
De ce gaillard Pasteur, ont rauy ma franchise:
Mon ame de ce coup par assaut est surprise,
Elle te recognoist ores pour son vainqueur,
Et bien aise se tient que tu brusles son cœur:
D'autant que le subiet grandement le merite,
Qui pourroit eschauffer la plus belle Carite:
Mais ià la nuit s'approche & Phœbus dans la mer,
Me semond mon troupeau aux loges r'enfermer.

SCENE III.

Cydon. Terpin. Et l'ombre de Medon.

Cydon.

EN vain ie pers le temps aymant cette Melice,
Qui ne veut, desdaigneuse, accepter mon seruice
Pour quelque affection que ie luy face voir,
Ny pour me voir du tout submis à son pouuoir:
Mais plus ie vois l'aymant, & moins elle fait conte
De moy & de l'amour qui si fort me surmonte:
Elle fait son esbat de me voir tant patir
Dans la prison d'amour sans pouuoir en sortir:
Prison que le destin, helas! me rend fatalle,
Et qui va resemblant l'ouurage que Dedale
Fabrica pour loger le laid Mino-taurus,
Fils du lubrique amour de la fille à Phœbus,
Où l'on pouuoit entrer d'vn pas assez facile,
Mais d'en sortir aprez estoit peine inutile.
Toutesfois le grand fils du Prince Athenien,
Eut dit-on le pouuoir de rompre le lien
De ces subtils destours aydé par la ficelle
Que (l'aymant) luy donna la Minoce pucelle:
Mais pour vouloir sortir des ceps de la prison
D'amour, il failliroit le fil de la raison,
Dont nous laissons le bout sans lier à la porte,
Qui, lasche se deffait, quand il faut que l'on sorte.
Ah! que l'homme pourroit bien-heureux se vanter,
Si cette passion ne le pouuoit dompter,
Et si contre ces coups il se pouuoit deffendre
Sans, ainsi comme il fait, si laschement se rendre.

Mais qui seroit celuy qui pourroit l'euiter,
Puis que mesmes ne peut s'en parer Iupiter?
Ny celuy qui regit de son sceptre l'Auerne:
Ny celuy qui les flots de son Tridan gouuerne?
Mais de l'amour des Dieux le nostre est different:
Car leur obiet aymé bien-tost vers eux se rend:
Pour à leur volonté (bien humble) se sousmettre,
Et selon qu'il leur plaist leur desir leur permettre.
D'autant que tout celà qu'on apperçoit mouuoir,
Par ce rond Vniuers, recognoit leur pouuoir.
Et nous pauures humains qui craignons leur puissance,
Comme eux, de nos amours n'auons la iouissance:
Tousiours quelque accident, pront, si vient opposer
Alors que nous pensons, contens, en disposer:
Et l'heur de nostre bien, bien souuent se retarde,
Enuié d'vn riual, dont on ne se prend garde:
Ainsi que fait celuy de ma Melice amour
Par le Berger Terpin: mais ie iure du iour
Le flambeau reluisant que si ie le puis prendre,
Il sentira le mal d'oser tant entreprendre:
M'estant inferieur, tant en bien de vertu,
Qu'en celuy là qui peut du sort estre abatu:
Apres son cœur sera bien fourny de courage,
S'il retourne à ma belle encore faire homage.
Que se fust le plaisir de quelqu'vn des grands Dieux,
Qu'il peut or arriuer que ie suis en ces lieux,
Que ie serois content. O priere exaucee
Des Dieux, tout aussi-tost que l'auoir commencee,
Ie l'auise venir par ce chemin batu:
Il me faut retirer pres de ce roc pointu
Pour voir ce qu'il fera, aussi pour qu'il approche,
Afin que dessus luy ma fureur ie descoche.

Terpin.

Rien ne peut demeurer ferme & constant tousiours

En son premier estat: de Saturne le cours
En glissant rondement d'vne vitesse estrange,
Les biens & volontez, de nous mortels, il change:
Ie le sçay depuis peu pour l'auoir esprouué,
Et tel que l'on le dit veritable trouué.
Contre Amour longuement i'auois fait resistance,
Mais voicy que le temps a vaincu ma constance,
Me faisant or aymer vne douce beauté,
Qui long-temps a senty ma fiere cruauté:
Melice, qui me fut vn iour tant fauorable,
Qu'elle me retira de la mort effroyable,
Lors que le sot Mirtin m'en auoit affligé,
Et ce de l'honorer m'a bien fort obligé.

Cydon.

Ie ne puis plus tenir en mon cœur ma colere,
Oyant que tels propos à mon dan il profere:
Ha ie vois l'asommer, il n'y a nul tesmoin.
Mais non, tardons vn peu, il est encor trop loin,
Il pourroit s'enfuir, & cet heure attenduë,
De long-temps ne seroit entre mes mains renduë.

Terpin.

Or afin d'acquiter vers elle mon deuoir,
Ie m'en vois de ce pas en sa maison la voir.

Cydon.

Tu mentiras coquin, voicy ta derniere heure
Et le iour ordonné que par mon bras tu meures:
C'est par trop entrepris, & trop d'ambition,
De vouloir de ma Nymphe auoir l'affection,
Qui n'appartient qu'à moy, & qui seul la merite.

Terpin.

Ha, Ha, qui parle à moy de façon si despite,
Et qui pour menacer croit me donner effroy,
Ie suis bon compagnon, c'est Cydon que ie croy,
Ie le recognois bien, à toy petit folastre,

Tu m'as quasi fait peur t'oyant ainsi debatre.

Cydon.

Folastre ny demy, sus, sus, il faut mourir
Sans venir m'abuser de vostre discourir:
Ie vous tiens au collet, vous auez beau secourre,
Si pouuez empescher que mon dard ie ne fourre
Cent fois en vostre corps qu'on se mette à genoux,
Et requerez Pluton qu'il vous soit iuge doux,
Quand vous serez là bas deuant son consistoire,
Pour iuger vos meffaits dont il sçait bien l'histoire.

Terpin.

Quoy? que dites-vous-là, vous mocquez-vous Cidon
Helas! tou beau Berger, ie vous requiers pardon:
Ne me faites mourir, que la pitié vous touche,
Que ie baise vos pieds de ma priante bouche,
Et ne faites rougir vostre garrot pointu,
Dans le sang d'vn chetif à vos pieds abatu
Et d'armes denué: ce seroit plutost rage
D'vn Tygre Ircanien, qu'acte d'humain courage,
De m'assommer ainsi, & vaincre en cruauté
Mesmes le fier lion, qui tout plein de bonté,
N'exerce sa fureur dessus la creature
Qui se iette à genoux honorant sa figure.
Mais encor dites-moy, quel mal vous ay-ie fait,
Pour estre de vos mains si meschanment deffait?
Si ie le puis sçauoir, ie vous veux satisfaire,
Car ce n'est moy, Cydon, qui vueille vous desplaire.

Cydon.

O le bon harangueur! le bon rethoriqueur:
Vrayment il a quasi fait amolir mon cœur
A sa mort resolu, pour payment de l'iniure
D'auoir en mon amour fait ma maistresse dure.
Mais c'est trop disputé, commande-toy à Dieu:
I'ay haste de partir, ie vay en autre lieu.

Terpin.

Patagone cruel, hé pour le moins encore
Escoute ma deffence, à celà ie t'implore.

Cydon.

Hé quelle, dy le moy, ie t'en donne pouuoir.

Terpin.

Dessus mon triste chef ton dard ne fais donc voir,
Qui me fait endurer de Democle la peine,
Puis ie te la diray veritable & certaine;

Cydon.

Hé bien le voilà bas, or conte promtement.

Terpin.

Ie m'en vois vous conter le tout entierement.
Sçachez donc que l'amour que ie porte à Melice,
N'est-pas pour attenter sur vous vn malefice,
N'y pour la destourner de vous voir & cherir:
(Ie iure tous les Dieux, i'aymerois mieux perir)
Mais pour me reuancher d'vn plaisir receu d'elle,
Vn iour que m'offença d'vne playe cruelle,
Mirtin, Berger-chasseur, d'vn enchanté espieu,
Et elle de hazard me trouua sur le lieu
Presque rendant l'esprit, où d'vn cœur pitoyable,
A mon triste mal-heur, elle fut secourable.
Aueeques vn Berger, qui là suruint aussi,
Qui comme elle, de moy, prit mesmement soucy.
Et pour ne demeurer taché d'ingratitude,
De la gratifier ie mettois mon estude.
Mais puis que ie cognois que vous en auez dueil,
Ie vous promets ma foy de ne voir plus son œil:
Car l'on ne doit iamais vne chose poursuyure,
Qui soit occasion d'acourcir nostre viure,
Si son estre ne vient de la belle vertu
Qui ne laisse du temps vn bel acte abatu.

Cydon.

Et puis qu'honnestement tu m'en as fait excuse,
Ie pardon demandé point ie ne te refuse.
Mais aussi pense en toy ta promesse tenir,
Et ne caresse plus madame à l'auenir.
Si l'amour tes esprits si rudement possede,
Va ten chercher ailleurs le desiré remede.

Terpin.

Certes ie vous promets & iure de rechef,
Que plus pour ce subiet ne m'auiendra mechef.
Mais ie vous dis adieu, & bien vous remercie,
De n'auoir de mes iours la lumiere obscurcie.

Cydon.

Dieu te conduise, va: mais tousiours les talons
Tournez vers ma maistresse, & loin de ces valons:
Chaque pas en marchant, deux lieux puisse-tu faire,
Et garde à l'aduenir d'irriter ma colere.

Terpin.

Que maudit soit l'amour & sa mere Venus,
Par qui tant de malheurs me sont quasi venus:
Ie tremble encore tout de la peur que i'ay euë:
Melice, ie voudrois iamais ne t'auoir veuë.
Quoy? teste d'vn oignon, perdre le goust du pain
Pour aymer tes beaux yeux, pour aymer ton beau sein,
Non, non ie n'en veux-plus, au pris, ie me contente
De tout le temps-passé & de l'heure presente.
Quād on meurt vne fois, vraymēt c'est pour long-tēps,
L'on s'en va chez Pluton prince des mal-contens:
Adieu Melice, adieu, ie vous le dis absente,
Car ie n'oserois-pas vous le dire presente.
Si l'on m'aloit tuer pour vostre bel amour,
Vous n'auriez le pouuoir de me remettre au iour,
Et puis de nostre temps ne veit plus AEsculape,
Pour redonner la vie à ceux que la mort hape.

Où l'iray-ie chercher ? là-bas auec Pluton.
Ha, Ha, ie n'y vay pas, ie crains son chien glouton.
Plutost dedans ce bois esclatant du ramage
De dix mille oysillons, ie m'en vois à l'ombrage.

L'ombre de Medon.

Las ! où vas-tu Berger, quel destin rigoureux
Te fait venir au lieu d'vn esprit malheureux,
A qui la dure mort a fait perdre la vie
Aux iours que plus gayement sa trame se denie.

Terpin.

Pour Dieu pardonnez-moy, i'ay peché par erreur,
Ie ne pensois entrant dedans l'espoisse horreur
De ce bois y trouuer vne telle auanture:
Ie m'en vois absenter donques ta sepulture.

L'ombre.

Mais non, demeure vn peu, c'est mon affection,
Car ie te veux donner beaucoup d'instruction.
Il faut prester l'oreille à celuy qui desire
Aux sentiers de l'honneur par exemple conduire.
Ie te veux reciter l'histoire de ma fin,
Pource qu'à mes despens tu te faces plus fin,
Et te faire auisé de iamais n'entreprendre
Quelque chose qui puisse aprez du mal te rendre.
Ie vescus autrefois aux prisons de mon corps,
Gaillard, ieune, dispos, & de bras assez forts,
Sorty d'vne maison d'assez illustre race,
Qui me faisoit le cœur enfler de trop d'audace,
Mesprisant les petits, & trop ambitieux,
Me voulois esgaler aux Deitez des Cieux.
Quand à mon exercice il estoit de la chasse,
Et de mettre aux abois quelque venaison lasse.
I'estois assez aymé de Pan & des Siluains,
Des Satyres cornus & Nymphes aux beaux seins,
Qui fit que se leuant par trop haut mon courage,

A quelqu'vn affligé ie commis de l'outrage,
Luy faisant maint ennuy pour me donner esbat,
Et souuent auec luy ie prenois du debat
Encor qu'on l'estimast estre assez gallant homme:
Mais parce que de bien il n'auoit pas grand somme,
Pour en auoir perdu par le vouloir du sort:
Celà m'enhardissoit de luy faire ce tort.
Mais las! ie me trompay: l'homme n'est mesprisable
Pource que le destin l'ait rendu miserable:
Car pour perdre son bien, il ne perd sa vertu,
Et de son bel esprit iamais n'est deuestu:
Ce que depuis i'ay sceu à ma tres-grande honte,
Car cet homme susdit dont ie ne faisois conte,
Aprez auoir long-temps constamment attendu,
Son bien par la fortune enfin luy fut rendu,
Et n'ayant oublié de moy le malefice,
De ma vie à Pluton il fit vn sacrifice,
Vn iour que i'estois seul dedans ce bois venu,
Et son meurtre d'aucun ne fenst onques cogneu.
Et parce que mon corps ne fut en sepulture,
Mon esprit doit errer cent ans à l'auanture,
Premier que de passer le fleuue d'Acheron,
Ainsi le veut la loy du maistre de Charon.
Quatre vingt sont passez que i'ay fait penitance,
Encor vingt accomplis i'espere auoir sentence.
Pource dedans le cœur ne te vienne desir,
D'entreprendre de faire à quelqu'vn desplaisir,
Pour le voir tourmenter de quelque peine dure,
Croyant qu'il ne pourra reuanger cette iniure.
Car l'aueugle Deesse à qui tout est subiet,
Ne l'a de sa fureur tousiours pour triste obiet,
Ains quelque temps aprez, luy changeant de visage,
Luy donne le moyen de punir cet outrage.
Et tel l'on voit ce iour qu'elle rend sans pouuoir,

Qui demain en grandeur marcher l'on pourra voir:
Et celuy qui auoit honneur, bien, & puissance,
L'on verra desgradé d'honneur & de cheuance.
Ainsi le veut celuy qui gouuerne les cieux,
Pour refrener l'orgueil de l'homme audacieux,
Qui se voyant tousiours en bon-heur apparoistre,
Arrogant, le voudroit aussi-tost decognoistre.
Or passe ton chemin, Berger, pençant parfois
Aux propos enseignans, qu'icy te dit ma voix:
Ils te pourront seruir de regle a te conduire
En toutes actions, sans qu'on te puisse nuire.

Terpin.

Or adieu bel esprit, le messager des Dieux
Te puisse tost mener aux champs delicieux
Auecque le troupeau des ames heroiques,
Qui n'endurent iamais les tourmens Plutoniques.

SCENE IIII.

Mirtin. LaDryade.

Mirtin.

CE sont les mouuemens d'vn braue & noble cœur
Qui veut faire son nō de l'eau d'oubly vaincœur
D'exercer son plaisir aux choses vertueuses,
Qui se rendent aprez enuers luy fructueuses,
Luy faisant sauourer d'vne douce façon
De ses trauaux soufferts l'agreable moisson.
Car c'est vn bien grand heur, que d'vn mesme exercice
Ensemble receuoir plaisir & benefice,
Vn tel contentement de quelqu'vns on reçoit
Aux autres seulement l'vn d'eux on apperçoit,
Le mestier du Dieu Mars en contient trois ensemble,

La gloire, le plaisir, & puis le bien ensemble,
Car apres s'estre fait maistre de maint hasard,
Aprez auoir passé par dessus maint rampart,
Et couru les perils de cargne, camisade,
Et rompu les desseins trompeurs d'vne ambuscade,
Le Soldat à la fin aprez tant de malheurs,
Reçoit le deu loyer de ses rares valeurs,
De l'ennemy vaincu butinant l'equipage,
Ce faisant pocesseur de son riche bagage.
De mesme le chasseur venant parmy les bois,
A la fin met vn cerf aux funebres abois,
L'approchant finement, puis de son cymeterre,
Le frape par le flanc, & le couche par terre.
Puis il huche ses chiens, & les fait appeller,
Pour auoir le plaisir de leur faire fouler.
Celà fait, il les couple ainsi qu'est l'ordinaire,
Et tirant son cousteau commence à le deffaire,
Ce parfait, il saisit en ses mains deux cailloux,
Dont il fait stinceler le feu de force coups,
Et puis iette du bois dessus sa rouge flame,
Qui tost de son ardeur cet alliment enflame:
Si bien qu'en peu de temps il en naist du charbon
Sufisant pour rostir quelque chose de bon,
Quelque morçeau friant, comme la carbonnade
Qui pourroit ragouster le goust le plus malade.
O quel contentement! le lumineux soleil
Tournant ce globe rond n'en void point de pareil.
Hé Dieux qu'il est plaisant! & qu'il est honorable,
Pour moy sur tous plaisirs il m'est fort agreable.
Mais depuis quatre mois, mes chiens les mieux chassans
Ont serui de pasture aux Licaons meschans
Sy qu'or ie suis priué par telle destinee
D'ouir apres le cerf clabauder leur menee,
Et ne me reste plus pour ce plaisant mestier,

Que ce dard que voicy, qui n'est-pas trop fustier.
Pour contenir en soy vne vertu fatale,
Pource qu'il fut iadis au bon veneur Cephalle.
I'ay par beaucoup de fois esprouué sa valeur,
Et sçay qu'onn'en pourroit rencontrer vn meilleur:
Ce qui fait que ie viens ce matin au gaignage,
Pour tenter si d'vn cerf ie feray le carnage.

La Dryade.

Quoy? ie ne trouue rien, quel malheur me poursuit?
Ie croy que tout gibier de ma voye s'enfuit,
Qu'il me flaire de loin, & d'vne allure viste,
Tant qu'il peut par ces bois (peureux) prenne la fuite:
Ou bien quelque chasseur plus matinal que moy,
Pourroit bien cy deuant l'auoir mis en effroy.
C'est celà pour certain, en voicy d'vn la trace,
L'egail est tout rompu, sus il faut voir sa face,
Et sçauoir quel il est, qui si presomptueux,
Ne craint s'auanturer de chasser en ces lieux.
Qui m'ont esté donnez par le chaste Dictinne,
Qui generalement sur tous ces bois domine.
Ho, tout beau le voicy: qui vous donne pouuoir
De chasser en ce bois? Mir. Le voulez-vous sçauoir?
C'est mon cœur genereux & la force admirable
Qui demeure en ce dard, aux mutins domageable.

La Dryade.

N'en allons plus auant, amy ie vous cognois,
Voicy que ie vous voy desià pour quatre fois,
Ie vous pry m'excuser si i'ay dit telle chose,
Le tout est bien à vous, ainsi que s'en dispose.

Mirtin.

Vrayment vous en parlez par trop honnestement,
Ie vous en remercie encor plus humblement:
Et pource si ie prens, vous aurez de la prise,
Puis que la liberté d'y chasser m'est permise.

La Dryade.

Amy, ie ne sçaurois plus grand-heur receuoir,
Que celuy desiré de souuent vous y voir:
Tu m'obligeras trop si celà tu desire:
Nous pourrons quelquefois dedans mon antre, rire,
Qui n'est-pas loin d'icy, quand tu seras lassé
D'auoir tout le matin quelque cerf pourchassé.

Mirtin.

Vous m'offrez plus de bien que n'est à ma puissance
Iamais vous en pouuoir faire recognoissance.

La Dryade.

Celà n'est rien, au pris de cil que ie vous veux,
Mais si iamais le ciel veut entendre mes vœux,
Humble, ie luy requiers qu'vn iour il m'accomplice
Le pouuoir, & moyen de vous faire seruice
Selon qu'est le pouuoir de mes affections:
Car ie n'en puis assez pour vos perfections.

Mirtin.

O belle, c'est à vous que telle chose est deuë:
Vous dis-ie, que le ciel si parfaite a renduë,
Que depuis que du iour i'ay veu le clair flambeau,
Ie me puis bien vanter, n'auoir rien veu si beau:
Et croy qu'en vos beautez vous este seule vnique,
Comme l'oiseau qui naist en la terre Arabicque.
Pource pardonnez-moy, si du premier abord
Ie ne me suis vers vous demonstré plus accord:
I'ay peché par erreur & par inaduertance,
Et de ce ie suis prest subir la penitance.

La Dryade.

Vous n'auez offencé pour demander pardon,
Et pource de besoin vous n'aurez de ce don,
Encor moins d'en payer iamais aucune amende,
Car pour vous, enuers moy, la faute n'est pas grande.

Mirtin.

Belle se sont des traits, fils de vostre bonté,
D'estre de mon delit si doucement traité
Au lieu de me punir selon qu'est mon offence,
Ie reçois le loyer qu'on doit à l'inocence.
Mais ie suis importun, vous tardant en ce lieu,
Ie vous ennuye trop, adieu ma belle, adieu.

La Dryade.

Ie n'en auray iamais pour vn que tant i'honore,
Comme vous, cher amy, pource arrestez encore.

Mirtin.

Vous m'en dispenserez, s'il vous plaist, cette fois
D'autant que i'ay desir de sortir de ce bois.

La Dryade.

Adieu donc cher amy, Dieu te vueilles conduire,
Hà mon cœur que tu sens vn extresme martyre;
Que tu sens de douleur voyant partir d'icy,
Vn qui respand en toy vn amoureux soucy:
Ce roc qui contre Amour estoit inuulnerable,
Aux beautez de cetuy, est ore penetrable.
Ainsi l'aimant, plus fort, atire à soy celuy
Qui n'a tant de vertu & de force que luy.

SCENE V.

Norcen. Ydamie.

Norcen.

IE viens voir si le temps, & ma ferme constance,
Vous ont point fait venir à quelque repentance
D'auoir si longuement mal traité mon amour,

Et si ie doy iamais esperer du secour,
Si vous voulez tousiours demeurer si contraire,
Aux termes de l'accord & vueil de vostre pere,
Lequel d'auctorité de pere à son enfant,
Veut que de vostre hymen ie sois seul triomphant,
Ie vous prydites-men se qu'en pense vostre ame,
Et ne me tenez-plus dauantage en ce pasme.
Vous auez eu du temps assez pour y penser;
C'est or vostre deuoir de me recompenser:
Deux ans ont fait leur cours du depuis la iournee
Qu'a seruir vos beautez mon ame est obstinee:
Finissez vos rigueurs, & pour tout apaiser,
Belle permetez-moy que ie prenne vn baiser
De vostre belle bouche, afin que par ce gage
Ie voye s'il y a du change en ton courage.

Ydamie.

Du change, ouy vrayment, il n'en fut iamais moins,
Ces refus de baisers vous en seront tesmoins.
N'aprochez seulement si vous n'auez enuie
Vostre presomption voir de peine suyuie:
Retirez-vous encor, & n'approchez de moy,
Ou ie vou vous quiter ceste place, ma foy,
C'est trop m'importuner, vous deuriez auoir honte
De me chercher, voyant que ie n'en fais de conte.

Norcen.

Ie le cognois assez, mais ie n'ay le pouuoir,
Tant Amour m'a gaigné, de faire ce deuoir,
A ce ie suis forcé de vous voir & vous suyure,
Et cessant mon amour, ie cesserois de viure.
Comme le pirallin va mourant peu à peu,
Si tost qu'il est sorty de la flame du feu:
Depuis que l'accident defaut à la substance,
De subsister aprez elle n'a de puissance.
Amour par le long-temps tient lieu de propre en moy,

Et de ses qualitez mon cœur retient la loy,
De mesme que le fer la reçoit de la pierre
Qui fait que le bateau en mer seurement erre,
Qui depuis qu'il a fait cette reception,
Ne la peut perdre aprez sans sa corruption.

Ydamie.

Berger, s'il est ainsi que quelque force estrange,
Malgré tes volontez à me seruir te range,
Ainsi dois-tu sçauoir que ie ne sçay quel sort
Me force a te hair plus qu'on ne fait la mort:
Pource il est mal aisé que quelquefois ie t'ayme,
Et puis que toy, ny moy, n'est maistre de soy-mesme.
Mais d'en trouuer la cause, il n'est à mon pouuoir,
Non-plus qu'on ne la peut de cent choses sçauoir.
La vigne hait le chou, & si l'on ne peut dire
D'où prouient ce suiet qui va causant leur ire:
Qui cognoistroit aussi, ce pourquoy tout se fait,
L'on ne seroit humain, ains quelque Dieu parfait.

Norcen.

Las! ie ne suis-pas Dieu, si pourtant ie ne laisse
De cognoistre la cause enfantant la rudesse
Qui tuë mon amour: vne autre affection
Occupe vostre cœur de sa perfection.

Ydamie.

C'est le dire commun des gens de vostre sorte,
Quand ils vont cognoissant qu'amour on ne leur porte,
Et qu'a ce l'on n'a-pas nulle inclination,
Voulant fuir l'amer de telle passion.

Norcen.

C'est la ruse ordinaire aux filles de qui l'ame
A ià d'vn autre amour receu la douce flame,
De dire à leur second qu'elles n'ont-point d'amour,
Qu'il ne peut en leur cœur bastir aucun seiour:
Et puis pour faire voir leur naturel volage,

De l'amant non aymé, tiennent mauuais langage,
Disant qu'il n'est pas beau, qu'il a quelque deffaut,
Qu'il ne discourt pas bien, & qu'il n'a le cœur haut,
Ce qui va tesmoignant leur sote nourriture,
Et leur estre venu de quelque race dure.
Car vne sage fille, aprise à la vertu,
De qui le bel esprit d'honneur, est reuestu,
Plustost que de blasmer, chantera la louange,
De cil, qui plain d'amour a la seruir se range.

Ydamie.

O le braue censeur des actions d'autruy
Et ne peut corriger celles qui sont en luy.
Tu es trop tard venu pour des loix nous prescrire,
Tais-toy, si tu ne veux de toy te faire rire,

Norcen.

Ma foy ie gaigne mieux, puis que mon oraison
Ne vous peut amener au lieu de la raison.
Vostre sexe en deux points tousiours nous veut debatre,
Aux discours plus polis & au lit a combatre.
Or puis que vostre cœur va ressemblant au fer,
Qu'vn Cyclope boiteux dans le feu fait chaufer,
Qui plus le va batant dessus la grosse enclume,
D'vn marteau qui, pesant, fait que son corps en fume
De sueur & d'enhan, plus le va durcissant,
Et contre tout effort le rend ferme & puissant
Ie veux me deporter de vous faire caresse
Puis que ne prend point fin vostre fiere rudesse:
Vous auez trop long-temps mon esprit abusé,
Ie veux à l'auenir me faire plus rusé,
Sans plus passer ainsi le plus beau de mon aage,
Mieux vaut tard, que iamais, encor deuenir sage.

Ydamie.

Du depuis qu'a m'aymer amour vous eut esleu,
Vous n'auez encor fait nul acte qui m'ait pleu,

Que cettuy que vous dite, en rompant le cordage
Qui vous detient captif à me faire l'homage:
Vous me rendrez contente en me quitant ainsi,
Ce que n'auez peu faire en l'amoureux soucy,
Et vous exent du soin de mettre vostre estude
A me faire agreer vostre humble seruitude.
Ie vous rends grace ô Dieux, d'auoir fait en aller
Cet homme qui de dueil me faisoit affoler
Restant auprez de moy. que i'estois affligee,
Dieux que me voila bien d'en estre degagee.
Que ne vient à cet heur mon gentil Celidon,
Qui me brusle le cœur d'vn amoureux brandon,
Pour m'estre, celà qu'est du Soleil le visage
Au monde, aprez le cours d'vn tonnerreux orage,
Pour m'estre, ce que sont les deux freres iumeaux,
A ceux qui vont flotant sur l'escume des eaux.
Seul but de mes desirs, doux Soleil de mon ame,
Qui te tient si long-temps esloigné de ta dame,
Que tu ne viens la voir, la baiser, la cherir,
Et de ta passion vn peu luy discourir.
Quoy? peux-tu tant de iours d'vn obiet disparoistre,
De qui ton bel amour iadis a pris son estre?
Qui premier t'a souflé le feu d'amour au cœur,
Et qui c'est fait de toy si doucement vainqueur,
L'esclair que te lança mon œil dans ta poictrine,
Tient-il la qualité d'vne force diuine,
Qu'il puisse subsister seullement de par soy,
Et la part où tu sois te souuenir de moy?
Que celà soit ainsi & que iamais l'absence,
Ny le temps biffe-tout, ny puisse faire offence,
Ains soit tousiours viuant, iusqu'à tant qu'Atropos
Nous face deualer là-bas deuant Minos.

SCENE VI.

Celidon. YDamie. Et le Tombeau des fideles Amants.

Celidon.

Rien icy ne nous est de plus insuportable,
Qu'estre absent d'vn obiet qui nous est agreable,
Lequel en nostre cœur tient lieu de bien aymé,
Ayant tousiours en soy son portrait imprimé,
Rafreschy fort souuent du pinceau de l'idee,
Qui d'vn prompt mouuement vers luy se voit guidee,
Pour voir si ce tableau par elle composé,
Comme l'original est encor disposé:
Imitant en celà cil qui suit la peinture
Apres qu'il a tiré quelque belle figure,
Soit d'homme , ou de cheual , aprez vn temps passé,
Va voir si quelque trait en est-point effacé,
Et pource il a recours au patron exemplaire,
Afin qu'à son retour l'autre il puisse refaire:
Mais selon nos obiets nos amours sont diuers,
Et ne peut-on trouuer parmy cet Vniuers
Vingt esprits dont le vueil à mesme but aspire,
L'vn ayme la beauté, l'autre le bien desire,
L'autre l'honneur espoint, l'autre l'ambition,
L'autre au Dieu Thracien met son affection,
Et quelqu'vn d'vn cœur haut n'ayme rien que la gloire,
Ayant pour son obiet les filles de memoire.
Mais de tous ces amours, le plus noble & plus beau,
C'est cil qui de beauté allume son flambeau,
Et dont nous re[illegible]ons souuent le reciproque:

Mais non d'autres susdits, qui son amoureux mocque.
Et pource moy, ie tiens tout esprit malheureux,
Qui se fait d'autre obiet ardamment desireux.
Car s'il prend pour obiet la mondaine richesse,
Et que pour l'acquerir tout plaisir il delaisse,
Il se meurt doublement, en soy & en autruy,
Parce que son obiet n'est viuant comme luy
Et n'estant animé il ne sçauroit luy rendre
Nul esprit pour le sien, qui dans luy va descendre.
Triste condition de l'auaricieux,
Qui pour vn vent, vn rien, pert son plus precieux!
De moy, tousiours mon cœur pour but de son enuie,
L'amour de la beauté a (braue) poursuyuie:
Et court encor aprez, & tant qu'il boira l'air,
Son desir vers le beau on cognoistra voler.
Et de ce pas ie vay chercher dans ce boccage
Vne douce beauté qui dompte mon courage,
Pour luy persuader qu'ains la fin de ce iour
Dessous la loy d'hymen nous lions nostre amour:
Allant le contracter dessus la sepulture
Des fidelles Amants, lisant leur auanture.
O puissance d'Amour! la voy-ie pas sortir
Seulette de ce bois? c'est elle sans mentir.
Amant le plus heureux qui iamais seruit Dame,
Et que Venus brusla d'vne amoureuse flame:
Dieu vous gard mes amours, où se tracent vos pas,
Allant si doucement, & comme par compas.

Ydanie.

Ils se guident à vous, puis que ie vous rencontre,
Et que vostre beauté à mes regards se monstre.

Celidon.

Or çà donc pour tesmoin de mon contentement,
Que de vostre beau corps i'aye vn embrassement,
Payez-moy l'interest d'vne si longue absence,

Cependant que ie tiens vostre chere presence.

Ydamie.

Mon cœur c'est bien raison, i'ay le mesme desir
De iouyr à mon tour de ce mignard plaisir.
Or il est bien vray dit, aprez vne tristesse
L'on reçoit volontiers vne grande liesse:
Encor d'vn grief ennuy la douleur ie ressen,
Pour estre icy venu cet importun Norcen,
Qui m'alloit affligeant de son grossier langage,
Afin de luy iurer la foy de mariage:
Mais voyant qu'il n'a peu celà gaigner sur moy,
Il s'en est en allé plaintif, & plein d'esmoy.

Celidon.

Mon tout, que ie t'honore ayant tant de puissance
De faire à tout amour, fors au mien resistance,
Hé que ie suis fasché que ie n'ay le pouuoir,
Comme la volonté de te le faire voir:
Celà trouble mon heur en ce plaisir extresme,
Et pour ne pouuoir-pas, ie veux mal à moy-mesme.

Ydamie.

Cher obiet de mes veux, ne te donne de soin
De produire vn effet de ton amour tesmoin: (moignage
Hé, bons Dieux, que veux-tu? quel plus grand tes-
M'en sçaurois-tu donner, que de ton cœur le gage?

Celidon.

Ha, mon cœur fut à toy, dés le iour bien-heureux
Que ie vis les rayons de ton œil amoureux:
Et du depuis mon corps sans cœur vit & subsiste,
Si ce n'est que le tien quelquefois le visite.

Ydamie.

De celà, tu te peux, cher amant, asseurer,
Et de voir cet eschange à tout iamais durer.

Celidon.

Ce n'est encor assez: il nous faut ma chere ame,
Des fidelles Amants aller lire la lame,

Et là d'vn saint hymen nous promettre la foy,
Puis que de nos amours c'est maintenant la loy:
Pource qu'auparauant vostre vieillard de pere
Vous donnoit à Norcen, & non dame Cithere:
Il ne faut perdre temps puis que l'occasion
S'en presente à nos yeux, car sa possession
Iamais n'a de retour ainsi qu'on le desire:
Nous eschapant, aprez nostre cœur en souspire.

Ydamie.

Puis que vous le voulez, i'ay le mesme vouloir,
Encor que de ce fait ie causeray douloir
Mon pere Tityron, dont la bruslante enuie
Est qu'à ce sot Norcen, ie fusses asseruie.

Celidon.

De celà n'ayez peur, nous tuerons son courroux,
Alors qu'il entendra que nous serons espoux:
Nous irons le trouuer, & d'vne bonne grace
Nous le prirons tous deux que pardon il nous face:
Il pourra s'amolir, son cœur n'est-pas de fer,
Que le feu de pitié ne le puisse eschaufer.
Mais sans plus nous tarder, marchons viste à la tombe
Susdite, qu'vn mal-heur sur nostre chef ne tombe
Pour trop long-temps atendre: il nous est euident
Qu'aux desseins languissans, il suruient accident.

Ydamie.

C'est bien la verité, mais seruez-moy de guide,
Car ie ne sçay le lieu où ce tombeau reside.

Celidon.

Inclinons les genoux, nous voicy paruenus
Au lieu tant desiré, des deux Amants cognus
Pour leur fidelité, qui n'eut onc de pareille,
Qui furent de leur siecle, estimez la merueille.

Ydamie.

Ainsi mon Celidon, puissions nous estre vnis,

Iusqu'à tant que nos iours par Cloton soyent finis,
Que nostre fermeté obscurcisse la gloire
De ces gentils amants sacrez à la memoire.

Celidon.

I'en coniures Amour, par le chainon plus fort
Dont iadis il serra les cœurs iusqu'à la mort
De ces parfaits amants, & dont la renommee
Ne se verra iamais par les ans consumee:
Or sus releuons-nous pour lire les discours
Qui racontent au vray leurs fidelles amours.
Vents qui battez les airs de vos fortes alaines
Les rochers & les bois, les hauts monts & les plaines,
Qui les faites sonner d'vn bruit haut esclatant,
Alors qu'oppositez vous allez combatant,
Accoisez-vous vn peu, & sursoyez vos armes,
Afin que le lecteur entende mieux ces carmes
Qui traittent d'vn amour qui fleurit autrefois
Entre deux beaux amants au centre de ces bois.
Et vous mignards oyseaux qui d'vn plaisant ramage
Vos plaisirs amoureux chantez en ce boccage,
Faites alte à vos plains & cependant baisez
Vos plus cheres moitiez de baisers embrasez,
Vous teurtres qui passez toute amour oyseliere
En grand fidelité, gardez ce cimetiere:
Et vous palmes loyaux qui n'auez le pouuoir
De viure & porter fruit sans l'vn l'autre vous voir,
Encernez ce tombeau, & luy portez ombrage
De vos fermes rameaux, vous estes tesmoignage
Tous deux de fermeté, & de l'amour parfait,
Qui assez rarement de ce regne se fait
En ce pays d'Arcade, ou Pan tient son empire
Au prez du mont Thellon qui aux astres aspire,
Iadis furent viuants deux amans dont le nom

Acquit

Acquit pour bien aymer vn immortel renom.
Car pour tousiours rester l'vn à l'autre fidelles
N'eurent-pas crainte d'estre à leurs parens rebelles.
L'amante eut nom Rafane, & son amant Medon,
Chery parfaitement de l'archer Cupidon,
Pour estre beau, gentil, accord, & bien honneste,
Qui des cœurs des beautez (braue) faisoit conqueste,
Sans que nulle iamais peust du sien triompher,
Fors Rafane, dont l'œil sceut vn iour l'echauffer:
Rafane dont le ciel prit si grand soin & cure,
Qu'il la fit naistre icy miracle de nature.
Nul ne la pouuoit voir sans en estre amoureux.
Encor qu'aprez celà il vescut malheureux,
Pour ne sçauoir trouuer le moyen de l'atraire
A le vouloir aymer, ne sçachant se distraire
Non plus de son amour, parquoy le desespoir
En fit tomber plus d'vn au fond de l'orque noir:
Le pere de Medon souhaitoit en son ame
Que son fils fust l'amant de l'auoir d'vne fame,
Et non de son merite, & pour celà l'auoit
Dedié le mary pour vne qu'il sçauoit
Posseder force bien & grande bergerie,
Mais sur toutes aussi fort laide, & mal nourrie.
Le pere de Rafane auoit mesme desir,
De marier sa fille au bien non au plaisir,
Et pour-ce la faisoit (tant il estoit auare)
Espouze d'vn villain, bien riche, mais ignare.
Mais comme le vouloir du grand Dieu souuerain
Dispose comme il veut, du fait du genre humain,
Phœbus fit naistre vn iour reluisant & sans nuë,
Auquel ces deux amans eurent leur prime veue:
Rafane estoit aux champs gardant le gras troupeau
Des brebis de son pere, aux riues d'vn ruisseau
Qui de ces claires eaux arrousoit vne pree,

Des couleurs du Printemps diuersement pourpree.
Medon estant Chasseur par l'arrest du destin,
En ce lieu (sus nommé) fut conduit vn matin,
Où voyant la beauté de Rafane reluire,
Il sentit en son cœur vn amoureux martire:
Mais luy qui d'vn esprit gentil estoit pourueu,
Sentant son cœur blessé d'amour à l'impourueu,
Ainsi que le meurtry va tournant sa paupiere
Contre le massacreur qui le met en la biere,
Eslançant contre luy de son sang vn ruisseau,
Qui demande a venger son iniuste tombeau,
Medon tourne les yeux vers sa douce meurtriere,
Et tout tremblant d'amour luy fait cette priere,
Beauté, pardonnez-moy si i'ose librement
Me presenter à vous: c'est vn plaisant tourment,
Causé de vos vertus, qui me pousse à ce faire,
Et me fait vous prier de ne m'estre contraire,
L'amour de vos beautez vient mon cœur enflamer,
Et le va contraignant à les bien-fort aymer,
Bien que ne soit icy que pour la fois seconde
Que ie voy vos beautez les merueilles du monde:
Mais pource n'ayez peur qu'vne inconstante humeur
[illegible]it esmeu mes desirs aprez cette faueur
[illegible]u'elle se soit en moy si soudain imprimee,
[illegible]our s'en voler au ciel ainsi qu'vne fumee:
Celà n'aduiendra pas, son but n'est limité,
S'il vous plaist l'agreer, que de l'eternité:
Cognoissant à celà mon humeur inclinee,
Qui ne va souhaitant que les nœuds d'hymenee.
La belle ayant ouy le discours de Medon,
Elle se sent brusler d'vn Paphien brandon.
Mais elle dissimule, & ne veut qu'il cognoisse
A ce commencement son amoureuse angoisse,
Pour elle luy repart ce mot assez commun,

Que l'on deuoit cognoistre ains que d'aymer quelqu'vn,
Aprez elle sçauoit sa flame estre certaine,
Qu'elle se monstreroit en son amour humaine:
Ian fist escouler quelque nombre de iours,
Où la perfection se fit de leurs amours:
Ausquels ceux qui parfois ont gousté ces delices,
Peuuent s'imaginer leurs ieux, à leurs blandices:
Mais de ces deux amants les destins resistans,
Ne firent à leur vueil, leurs peres consentans,
A cause qu'ils estoyent tous deux pleins d'auarice,
(Entre tous les pechez le plus enorme vice)
Qui fit que ces amans par le conseil d'amour,
Vindrent dedans ces bois arrester leur seiour,
Y viuant iusqu'au bout de cinquante ans le terme,
Ou tousiours en amour chacun demeura ferme.
Mais aprez que Cloton eut terminé leurs ans,
Par le Dieu des Bergers, des Nymphes, & des Fans,
Voulut qu'à l'auenir, ceux que l'amour enflame,
Vinsent se marier auprez leur dure lame,
Et principalement ceux dont la parenté
Les voudroit marier contre leur volonté,
D'autāt qu'il cognoist bien qu'amour ne se doit feindre
Et qu'il n'y faut iamais ny forcer ny contraindre.

Aprez ces vers paroissent escrits sur le tombeau, ainsi qu'ils auoyent de coustume, aux autres qui y venoyent pour la confirmation de leur mariage s'ils s'aymoyent fidellemēt ainsi qu'il a esté dit cy dessus.

O fidelles amants, que le Dieu de Paphos
D'vne parfaite amour tient fermement enclos,
Nous allons acceptant qu'en cette mesme place,
Où reposent nos corps vostre hymené se face.

Celidon.

Or puis que nous auons entendu bons propos,
Allons parachcuer nostre amour en repos.

TROISIESME ACTE.

SCENE I.

Melice. Satyre. Cidon.

Melice.

PVis que ie recognois qu'en cette terre basse
Tout le plus grand plaisir, ainsi que vent, se passe,
Et que tout le trauail qu'on prend a l'acquerir,
Aprez ne le peut-pas empescher de perir:
Que celà qui commence enfin est transitoire,
Et que le faulx du temps a sur luy la victoire,
Estant l'arrest d'aimant du grand Dieu de tout bien,
Qui iadis composa cet vniuers de rien,
Et qui sans cesse encor par sa vertu diuine,
L'empesche de tomber en desordre & ruyne:
Et que nous ne goustons vn plaisir si comblé
De ioye, qu'il ne soit à tous moments troublé
De diuers accidents, & que la peine prise,
Ne domte la douceur en se subiet acquise.
Parquoy si l'on estoit & sage, & bien apris,
L'on ne mettroit si fort à nul bien ses esprits:
L'on le posséderoit sans se donner de peine,
S'il sentoit les efforts de la fortune humaine,
Non-plus que l'on auoit pour ce d'affliction

Auant qu'il fust tombé en la possession:
Non qu'il faille en ce fait vser de negligence,
Pour en auoir aprez vne triste indigence:
Mais il faut le preuoir deuant faire marcher,
Puis aprez s'il se pert, il ne faut s'en fascher.
Mais quoy, que dy-ie? las! le mortel miserable,
De si grande vertu n'est-pas assez capable:
Bien que celuy qui tient le ciel pour sa maison,
L'ait fait participant de diuine raison
Sur tout autre animal, voulant qu'en son ouurage,
l'homme tant seullement fut son viuant image.
Nous allons ressemblant au Medecin qui sain,
Guarit le patient qui a la mort au sein:
Mais qui se voyant pris de quelque maladie,
Pour se guarir luy mesme, a la main engourdie,
Et perdant le courage est le but d'Atropos,
Encor qu'au parauant il eust braues propos.
Ha que Dieu nous eust faits aux ennuis incensibles
Pour, helas! ne sentir des tourmens si terribles,
Qui maintenant me font à tous moments mourir,
Sans auoir le pouuoir, las! de me secourir:
Mais il ne la voulu, afin que nostre race
Ne prist d'vn si grand bien, vne trop fole audace.
Or bien puis que se fut sa bonne volonté
Que l'humain fust subiet à toute aduersité.
Iusqu'à tant que son corps fust gisant sous la lame,
Et qu'en l'Olimpe saint soit bourgeoise son ame.
Ie veux pour n'endurer desormais de l'ennuy,
Aller seruir Diane, & mesmes ce iourdhuy,
Et delaisser du tout, las! cette vie actiue,
N'aymant d'oresnauant que la contemplatiue.
Adieu donc monde, adieu, pipeur & mensonger,
Protheen inconstant plus que le vent leger,
Qui ne peut demeurer vn iour en vne forme,

Non-plus que ne le peut la Deesse Triforme,
Et toy Terpin subiet de ma conuertion,
Qui cruel as trompé ma naifue affection,
Reçois aussi l'adieu de Melice fidelle,
Bien que tu sois absent maintenant, & loin d'elle.

Satyre.

Ha, ha, ha, que voicy de hazard en ce lieu,
Quand pour moy, ie ne veux encor vous dire adieu,
Ie n'entens-pas celà, mais plustost ie desire
Ie cours de quelque temps auecque vous me rire,
Me donner du plaisir & du contentement,
Car ce n'est moy qui veux viure si tristement.

Melice.

O destin rigoureux! & constant a me nuire,
Veux-tu pour m'acheuer, que ce villain Satyre,
Las! me vienne rauir, ribaut, ma chasteté,
Que iusqu'icy i'ay tinse en toute netteté?
Satyre que veux-tu? quelle fureur te porte
A me tenir, villain, propos de telle sorte?

Satyre.

C'est la rage d'amour qui brouille mon cerueau
Au temperé retour de ce doux renouueau,
Atendez, demeurez, & ne fuyez arriere:
Ie vois vous acoler d'vne braue maniere.

Melice.

A l'aide Deitez qui viuez en ces bois,
Venez me secourir oyant ma triste voix.

Satyre.

Ha, ha, vous criez dõc premier que lon vous touche
Et que voir commencer l'amoureuse escarmouche,
Ho vrayment ie vous vois tantost bien apaiser:
Hé vous ne gaignez rien d'ainsi me refuser.

Melice.

Satyre, & mon Satyre, & pour le moins escoute,
Ce que ie te veux dire, & point ne la deboute.

Satyre.

Ha c'est bien escouté, allons, battons le pas
Pour voir ce que l'on fait en mon antre là-bas,
Marchez si ne voulez qu'en mes bras ie vous porte,
Ou bien dessus mon dos. M. *Ha mon Dieu ie suis morte.*

Satyre.

Ie ne le suis pas moy, mon cœur est encor bon,
Bien qu'il soit embrasé du feu de Cupidon,
Pour vous aymer par trop, & voire outre mesure,
Et plus grande que n'est nostre grand mere dure:
Ie vous iure ma foy que ie vous ayme mieux
Que le triste seiour du manoir Stigieux,
Ne que le loup ne fait la brebis ou la cheure,
Le renard le conil, le chien-courant le lieure.

Melice.

Auecques tout le mal que tu me fais souffrir,
Vn mocquer indiscret tu me viens donc offrir,
Tu t'en repentiras, ou les Dieux & Deesses,
N'auront plus de soucy de vanger les oppresses
Que les malicieux donnent aux gens de bien.

Satyre.

Hastons, hastons le pas, & ne cause plus, vien,
Voilà l'huis tout ouuert de ma sombre cauerne,
Entre dedans afin qu'vn peu ie t'y gouuerne.

Melice.

Non, ie n'entreray pas, plustost ie veux mourir:
O Nymphes de ces bois venez-moy secourir.

Cydon.

Ha Dieu! i'entens crier ma gentille Melice,
Que qu'vn luy pourroit bien faire quelque malice.
Ha Satyre lascif, ie te tiens au colet,
Ie pluneray ton crin comme on fait vn poulet,
Ie te ronpray les os. S. *I'ay la teste fenduë:*
A l'aide, Pan, Siluains, au meschant qui me tuë.

Las! c'est fait ie suis mort, i'ay les os tous moulus,
Et me semble ia voir les infernaux Palus,
Et que ie suis dedans. Cy. Maugaigne au pied Satyre,
Si tu n'as volonté qu'il t'auienne encor pire.
Et vous mon cœur, mon tout, allons nous reposer
Dedans ce bois ombreux, afin de m'exposer
A loisir le discours de cette forfaiture
Que pençoit vous brasser ce monstre de laidure.

SCENE II.

Arbas. Herlin. Pasquise.

Arbas.

O Pipeur des humains! espoir tu m'as deceu,
Depuis vn peu de temps ie l'ay bien aperceu,
Tu m'allois prometant qu'aprez grand peine prise
A seruir constamment la gentille Pasquise,
Qu'en fin elle prendroit de moy compassion,
Et qu'vn iour ie l'aurois en ma pocession,
Pour temperer l'ardeur que sa beauté parfaite,
Par le feu de ses yeux, en ma poictrine a faite.
Mais las! ie recognois que i'ay mon temps perdu,
Et mon aage plus beau en celà despendu,
Ne la trouuant nonplus à m'aymer disposee,
Que le iour que mon ame en fut tant embrasee:
Pour ce fuy t'en de moy espoir trop mensonger,
Et va chercher ailleurs hoste pour te loger:
Ie veux trouuer secours en quelque autre maniere,
Que plustost i'iray querre en la maison derniere
Des palissans esprits genez par Alecton,
Cerbere à triple chef, ministre de Pluton,

Celidon l'autre iour m'enseigna la cauerne
De l'vn de ceux qui font honneur au noir Auerne:
Qui forcent par leur art de nature le cours,
Et font naistre & mourir quand ils veulent les iours,
A qui rien n'est trouué iamais trop impoßible,
Tant leur art a de force, & tant il est terrible.
Ie m'en vois le trouuer, il s'appelle Herlin,
Le plus aymé de tous, du caut esprit malin.
Cheminon promtement, pour enfin qu'en peu d'heure
Ie paruiennes au lieu de sa triste demeure:
Ie croy, que si i'ay bien le chemin retenu,
Qu'en son piteux seiour ie suis or paruenu:
Ie recognois l'enseigne & vois l'huis de sa porte,
Or ie m'en vois taper, à celle fin qu'il sorte.

Herlin.

Qui va-là, qui va-là, qui trouble mon repos,
Si ie sors aprez vous ie vous rompray les os.

Arbas.

Bon pere excusez-moy, ce n'est-pas mon enuie,
(Venant vous voir icy) de troubler vostre vie:
Au contraire, ie prie à toute Deité,
De la tenir tousiours en sa prosperité:
Et que tousiours Hecatte au fond de ce boccage
Ne vous cache iamais les rais de son visage.

Herlin.

Hé bien que voulez-vous? qu'esperez-vous de moy?
Qui vous a fait venir en ce lieu plein d'effroy?

Arbas.

Amour, qui me commande, & qui brusle mon ame
Par les yeux allumez d'vne cruelle Dame:
Que plus ie vay aymant, & plus dedans son cœur
Atise contre moy le feu de sa rigueur.

Herlin.

Croyez-vous fermement que i'aye la puissance

De la mettre du tout en vostre obeissance?

Arbas.

Ie le croy pour certain, & n'en ay doute aucun,
Pourquoy soyez moy donc, s'il vous plaist, oportun.

Herlin.

Ie le veux, ie le veux, c'est acte charitable,
Et plaisant aux grands Dieux, d'aider au miserable:
Mais tout premier dy-moy combien sont morts de iours,
Depuis que tu n'as veu l'obiet de tes amours.

Arbas.

C'est icy le neufiesme, & ie croy l'heure-mesme.
Que ie luy dis adieu, plain de douleur extresme.

Herlin.

Aussi dy-moy comment on l'appelle, & quel nom.

Arbas.

Pasquise, de qui l'œil est or' en grand renom,
Pour sçauoir estancer aux cœurs ses dures fleches,
Et faire sans guarir, mille amoureuses breches.

Herlin.

Puis donc que ton amour ne la peut esmouuoir,
Ie luy veux faire voir comme est grand mon pouuoir:
Et premier que ce iour ait acheué sa course,
Pour faire luire au ciel les clairs flambeaux de l'ource:
Ie veux qu'elle vous ayme, & qu'elle vienne icy
Vous offrir son amour, & vous crier mercy
De tout le temps-passé, & que son dur courage
Se resolue a vous prendre aprez en mariage.
Et pource escoutez-moy, & retenez de moy
Cette bague d'argent, & luy mettez au doigt
Que l'on nomme annulaire, aussi-tost que mes charmes
L'auront renduë icy, pour mettre-bas les armes
De sa rebellion, mais soyez aduerty,
Que tout celà soit fait, auant que soit sorty
Trois fois vn long esclair, de l'obscur d'vne nuë,

Signe qu'Hecatte aura ma priere entenduë.

Arbas.

Ie n'y failliray-pas puis qu'auez le desir
Pere, de m'octroyer ce signallé plaisir
Qui me rend obligé, tant à vostre seruice,
Qu'onques ie ne croiray auoir le Ciel propice
Iusques à tant qu'il m'ait ouuert quelque sentier
Où pußiez voir combien mon cœur vous est entier.

Herlin,

Demeurez-là mon fils, au milieu de ce cerne:
Et moy, ie vois sommer vn demon de l'auerne,
D'amener en ce lieu cette belle beauté
Qui vous va consumant par trop de cruauté.
Tenez-bien l'œil au guet, & vous donnez de garde,
Quand elle passera au cercle qui vous garde
Car c'est lors qu'il vous faut luy mettre vostre anneau,
Dont vous recognoistrez vn change tout nouueau.

Arbas.

Pere ne craignez-point, ie n'y feray de faute:
A ce mistere icy, mon ame sera caute.

Herlin.

Paix-là, vents taisez-vous, arrestez vos souspirs,
Calmes sans murmurer, fors les mignards Zephirs,
Dont me sert le doux bruit, & là hau maistre AEole,
Qu'on les face soufler au vent de ma parole.
Esprits qui demeurez sur le cercle de l'air:
L'vn de vous, qu'il soit promt a brusquement voler,
Et a rendre d'amour vne ame bien esprise:
Aille tost me querir la Bergere Pasquise,
Qui depuis quinze mois, cruelle, fait mourir
Arbas, fidelle amant, sans point le secourir.
Allez, despechez-vous: peignez en son courage,
De ce gentil Pasteur la bien-aymable image,
Et qu'elle l'ayme autant, qu'elle le haissoit.

Donc ce que ie vous dy tout incontinent soit.

Pasquise.

Que sens-ie en mon esprit? quelle force nouuelle
En vn si promt moment, d'vn desir le bourelle?
Et quoy? d'où vient celà, est-ce vn effort d'amour,
Ou celuy d'vn sorcier, que me prouient ce tour?
Ie ne puis qu'en penser: mais las! ie sens mon ame
Ardamment brusler en l'amoureuse flame:
Et faut qu'incontinent i'aille guidant mes pas
La part où de present ie puisse voir Arbas.
Ha bons Dieux qu'est-ce-cy? de ce desir i'affole,
Et pour trop y penser mon cœur de moy s'enuole:
Ie ne puis plus durer si bien-tost ie ne voy
Ce fidelle Pasteur qui m'impose la loy.
Cher Arbas, où peut estre or ta belle presence?
Pourray ie viure encor long-temps en ton absence:
Ha non, ie ne sçaurois, il n'est à mon pouuoir
De respirer plus l'air, si ie ne te puis voir
Bien-tost, car ce desir obstinement me ronge.
Que voy-ie deuant moy? est-ce l'effect d'vn songe,
Ou si c'est verité? si ie me ramentoy
Bien en memoire, c'est mon Arbas que ie voy.
O force du destin! cette chose est l'augure,
Si ie deuine bien, d'vne ioye future.

Arbas.

O cas émerueillable! & quoy, ne voy-ie pas
Ma Pasquise desià qui porte icy ses pas,
C'est elle pour certain, ha Dieu! que i'en sens d'aise:
Et d'auantage encor mon cœur d'amour s'embraise:
Ie suis tout consumé, & s'il ne cesse vn peu,
Ie seray suffoqué à la fin de son feu.
Ha! Dieu le cœur me faut, il faut que ie me couche,
Ie sens qu'à ma voix le passage se bousche.

Pasquise.

Quel spectacle nouueau! hé d'où prouient cecy?
Vrayment cet accident me met tout en soucy:
Voir le Berger Arbas tomber à la renuerse,
Et le feu d'vn esclair qui la nuë trauerse.
Ha! Dieu, fuyon ce lieu, il est prodigieux,
Ou plustost illude d'vn coup prestigieux.

Arbas.

Reuien à moy mon ame, & point encor ne passe
Le noir fleuue d'oubly dans la Caronne nasse,
Que premier ie n'aye eu le cher contentement,
D'auoir de ma Pasquise vn doux embrassement.
O trompé que ie suis! ce n'estoit qu'vne larue,
Que se Sorcier, crasseux, a fait venir, esclaue,
A son commandement, afin de me moquer,
Ainsi qu'il fait tous ceux qui s'en vont afroquer.

Herlin.

Hé que faites vous-là! quoy vous n'auez-pas prise
Ainsi qu'il estoit dit, vostre belle Pasquise.
Ho pauure homme, pauure homme, & d'vn cœur vraiment bas:
S'en est fait mon amy, vous ne la tenez-pas.

Arbas.

Ha vous m'auez trompé engeance de Megere:
Ce n'estoit-pas Pasquise, ains vne mensongere,
Que du triste seiour de Pluton Roy des morts
Pour abuser mon mal, vous auez mise hors:
Sy s'eust esté Pasquise, en si petit espace
De temps, elle n'eust peu delaisser cette place.

Herlin.

Quelle rage te point, ô Berger impudent?
Ton mal t'est aduenu pour n'estre assez prudent
A mon enseignement, celà n'est-pas ma faute,
Mais à toy, qui n'as eu (pour ce) l'ame assez caute.

Ne t'auois-ie pas dit qu'à la fin des esclairs
Que tu verrois flamber tout au trauers les airs,
Tu courrces baiser ta gentille Pasquise,
Et que de ton amour elle seroit esprise:
Puis que tu ne l'as fait, ne me viens reprocher:
Mais de honte va-ten toy-mesme te cacher.

Arbas.

C'est en vain que i'espere esprouuer vn remede
A cette passion qui si fort me pocede:
Rien ne m'y fait du bien, & rien que i'ays tenté,
Ne me peut redonner ma premiere santé:
Ny mesmes amoindrir la pene que i'endure:
Mais plus ie vay auant, & plus ie la sens dure:
Pource il me faut vser du remede dernier,
Deliurant de mon corps mon esprit prisonnier,
Pour qu'il retourne au ciel, lieu de son origine,
Iouissant à son tour de la beauté diuine:
Puis que celle qui fait sa demeure icy-bas,
Luy a fait le refus de ce mignard apas:
Sus montons sur ce roc en pointe pyramide,
Et nous iettant en bas, soyons nostre homicide.
Adieu monde trompeur, adieu chers compagnons,
Adieu mes chers amis, adieu mes chers mignons,
Adieu belles forests, adieu plaisans boccages,
Adieu costaux herbus, adieu antres sauuages,
Adieu Nymphes, Siluains, ie vous faits mes adieux,
Vous ne me verrez-plus desormais en ces lieux,
C'est fait, i'ay deuidé le reste de ma trame,
Aprez prenez le soin de me donner la lame.

Herlin.

Encor ne faut-il pas ainsi laisser perir
Ce miserable Arbas, sans l'aller secourir.
Ie viens pour ce subiet, changer d'autre vêture,
De peur qu'il ne cognust ma premiere figure.

Toubeau, demeure-là n'arreste-point le cours,
(Berger desesperé) de tes malheureux iours,
Ignorant les plaisirs dont tu verras suyuie
Aprez tous ces ennuis, les heures de ta vie.
Il faut patienter & souffrir constamment,
Autant que le pourras, cet amoureux tourment:
Il a son periode, & faut or qu'il decline
Comme le bien mondain, & vienne à sa ruyne:
C'est la regle establie aux choses de ce lieu,
Dés son commencement par le vouloir de Dieu.
Premier que Phœbus ait à fin sa course mise,
Tu verras amollir le cœur de ta Pasquise,
Et pousser dedans l'air auecques les Zephirs,
Pour t'auoir rudoyé, mille amoureux souspirs.
Et tiens certains ces vers: & point ne les renie,
Puis que tu les a dits de ce lieu, le genie,
Qui prenant paßion de te voir prez la mort,
A voulu t'anoncer l'aduenir de ton sort.

Arbas.

Puis que vous m'assurez mon heur estre si proche,
Ie m'en vois desrucher du haut de cette roche,
Ie veux vous obeir, & demeurer viuant,
Iusqu'à tant que ie voye cet effet arriuant.

SCENE III.

La Dryade. Mirtin.

La Dryade.

PVis que c'est vn instinc (de la mere Nature,
Infus dedans l'esprit de chaque creature)
De rechercher son bien & son contentement,

Et finir ce qui peut luy causer du tourment:
Aussi si le decret de la dure fortune,
Permet que quelque mal par saisons l'importune:
Rechercher le moyen de le pouuoir guarir,
Et ne se laisser-pas sans remede mourir,
Afin de n'estre dit de soy-mesme homicide,
Et d'en estre puny par la troupe eumenide,
Qui demeure là-bas au manoir tenebreux,
Empire de Pluton & des manes ombreux.
Et si les animaux qui ne sont raisonnables,
Recherchent à leurs maux des cures profitables,
Comme on voit le cheureil aprez estre blessé
Du dard pointu, chercher cette herbe, panacé,
Ou comme on voit celuy que le scorpion blesse,
Pour secourir sa playe, à luy-mesme s'adresse,
Et luy tire du sang, seul propre a le penser,
Comme son venin fut trop apte a le blesser.
Qui me pourra blasmer suyuant cet exemplaire
Et l'instinc naturel, ainsi de mesme en faire.
Nul, s'il n'est denué de l'humaine raison,
Et moins que les brutaux n'ayme sa guarison:
Car quiconque n'a soin & cure de soy-mesme,
A peine l'aura-il de quelqu'autre qu'il ayme,
Si ie ne m'ayme pas auray-ie le pouuoir
Vers quelqu'vn mon amy, de faire ce deuoir:
Non, il n'est rien plus clair: l'amour doit source prendre
En soy premierement, puis en autruy se rendre:
Dont en vsant ainsi, ie viens à ce matin
Dans ce bois, pour chercher mon cher amy Mirtin:
Afin de le prier, puis qu'il est l'origine
De mon mal, que de mesme il soit sa medecine,
Comme le fut iadis Achille le vaillant,
A celuy qu'il blessa de son acier taillant:
Mais attendant le bien de sa chere venuë,

Ie vay me reposer sur cette herbe menuë.

Mirtin.

Encor aprez auoir souffert mille trauaux
Par rochers, par buissons, par montagnes & vaux,
A chasser vn lion affreux & fort horrible,
Enfin ie l'ay couché sous la mort inuincible
D'vn coup de iauelot dont le fer bien pointu,
(Fait par le Dieu Vulcan) est de grande vertu.
Je viens d'en attacher la hure espouuentable,
(A Diane, par veu) à ce tige d'erable,
Agrees-la Deesse, & faites que tousiours
Ie demeure vainqueur des lions & des ours,
Sans que iamais l'vn d'eux me puisse faire outrage,
I'en auray le profit, vous l'honneur, d'aage en aage.
Mais que voi-ie couché tout contre ce rocher,
Ie n'y recognois rien, il faut m'en aprocher:
Houp, houp, reueillez-vous qui dormez sur cette herbe.
Et venez contempler vne hure superbe
D'vn lion, que ie viens d'vn belliqueux effort
Par l'aide de Diane, enferrer à la mort.

La Dryade.

C'est donc vous? qui vous eut guetté dans cette place.

Mirtin.

Belle, pardonnez-moy ie vous pri' mon audace,
D'auoir interrompu vostre repos ainsi:
Ie ne vous eusses-pas pensee en ce lieu cy.

La Dryade.

Amy, vous m'offencez de parler de la sorte,
A moy qui dans mon cœur tant d'amitié vous porte,
Qui vous honore tant, & qui vous veux cherir
Iusqu'à tant que Cloton nos iours face mourir:
Mais par ce que ie voy à vostre contenance,
Que de ma grand' amour vous n'auez cognoissance,
(Bien que par maintesfois tous mes desportemens,

Vous ayent tesmoigné mes amoureux tourmens,
N'obmettant que la voix a vous les faire entendre,
Pençant que sans celà vous le peussiez comprendre)
Ie veux en peu de mots vous le faire sçauoir,
Pour que de vous aprez i'en puisse receuoir
Le salaire qu'on doit à toute ame enflamee,
C'est, tout ainsi qu'elle ayme, elle soit contr'aymee.
Ce que ie vous promets de vostre honnesteté,
Croyant qu'en vostre cœur n'habite cruauté,
Car aymant de vertu la profitable estude,
Il doit aussi bannir de soy l'ingratitude,
Qui ne loge iamais en l'homme genereux:
Ains en quelque rustiq, d'esprit fort malheureux.

Mirtin.

Belle, vous m'honorez plus que ie ne merite.
Il ne m'apartient-pas d'aymer telle Caritte,
Dont l'amour seulement n'est que pour quelque Dieu,
Soit de l'Olimpe saint, ou bien de ce bas lieu,
Et non à moy chetif, qui n'ay bien gentillesse,
Pour acquerir l'amour d'vne telle Deesse.
Pource aussi n'ay-ie pas tant de presomption,
Que ie croye auoir fait telle acquisition:
Mais vous m'auez voulu esprouuer de la sorte,
Pour voir si mon esprit hors de soy se transporte.

La Dryade.

Non, non, ie vous suppli' ne croyez-pas celà,
Ces discours sus tenus, mon cœur ne vise-là,
Ce ne sont fains appas, ains la verité mesme,
Conceuë en mon esprit, de mon amour extresme:
Et croyez pour certain que i'ayme cent fois mieux
Vostre amour, que non-pas celle des demy-Dieux.

Mirtin.

O Belle, i'en tiendrois bien-heureuse ma vie,
N'estoit que de long-temps i'ay Diane suyuie,

Et la suis tous les iours, encore, par ces bois,
Portant aprez ses pas, & l'arc & le carquois:
Et le veu sacré, saint, que i'ay fait de la suyure
Tandis que mon esprit son hoste fera viure,
Parquoy ie vous supli humblement m'excuser,
Sy celà ie vous ose, à mon dueil, refuser:
Adieu, i'entens sonner la trompe de Dictinne,
Il faut l'aller trouuer, adieu beauté diuine.

La Dryade.

De quel estrange humeur est ce chasseur icy,
Qui n'a de mon amour aucunement soucy?
Est-ce vn homme viuant? non ie ne le puis croire,
Car s'il estoit ainsi, i'aurois eu cette gloire
Par mes charmeurs discours de le faire amoureux,
Le rendant de m'aymer ardamment desireux.
Car vn homme n'est-point d'vne humeur si reuesche,
Que si de son amour quelque fille le piesche,
Que tout aussi soudain il ne luy face don
De ce dernier plaisir que donne Cupidon.
Mais Dryade, tou beau, & ne fais point encore
Ce iugement de luy, peut-estre qu'il t'adore
Fermement en son cœur, mais encor ne veut-pas
Te faire voir, qu'il est espris de tes apas.
Il veut premier sçauoir si son amour est ferme,
Pource de ton espoir prolonge encor le terme.

QVATRIESME ACTE.

SCENE I.

Le Siluain. Le Satyre. La Dryade.

Le Siluain.

BEauté par trop ingratte & plaine de rigueur,
Quel plaisir reçois-tu de ma triste langueur,
Et de me voir mener vne vie piteuse,
Pour l'ennuy qu'a mon cœur de te voir desdaigneuse?
Tu sçais combien ie t'ayme, & par combien de fois
Ie te l'ay tesmoigné, & dit dedans ces bois,
Et comme i'ay cherché le moyen de te plaire,
Pençant à mon amour à la parfin t'atraire.
Les Nymphes, les Siluains qui demeurent icy,
Les Satyres cornus, & les Faunes aussi,
Seruiront de tesmoins à ces actes passees,
Et comme tu les as fort-mal recompensees.
Quel grand contentement pourras-tu receuoir,
Quand tu m'auras dix ans encore fait douloir?
Nul certes: mais plustost vn dueil de repentance,
D'auoir tant guerroyé le fort de ma constance,
Et pleureras en vain le temps qui s'est perdu,
Lequel nous eussions bien en amour despendu.
Mais quoy, ie parle aux vents, aux rochers, & aux
pleines,
Ma belle n'est icy pour entendre mes peines:
Ces discours espandus par le vague de l'air,
L'aigreur de mon tourment ne font-point en aller,
Elle ne s'amoindrit pour en ce lieu la dire:

Ne voy-ie pas venir mon amy le Satyre?

Satyre.

O l'heureuse rencontre, & qui vous eust guetté,
En cette heure, en ce lieu: comme va la santé?

Le Siluain.

Elle ne va trop-bien, ie souffre vn grand martyre.

Satyre.

Et quel mon cher Siluain? ie vous pri' me le dire:
Pour que l'ayant apris (si i'en ay le pouuoir)
De vous aider, aprez ie me mette en deuoir:
Car vous ayant voué, comme i'ay, du seruice,
Si ie ne m'y offrois, ie commettrois vn vice.
Ne me le celez-point, car vous sçauez combien
Ie vous ayme & cheris, desirant vostre bien.

Le Siluain.

C'est bien la verité: pource en peu de langage,
Ie vous diray l'ennuy qui sans cesse m'outrage,
Qui me rend si pensif, solitaire, & confus,
Me faisant esgarer dedans ces bois tousus:
Sçachez donc que l'amour d'vne Nymphe trop belle.
Pour d'elle n'estre aymé mon pauure cœur bourrelle.

Satyre.

Ha, n'a-il que ce-là qui vous vient affliger?
Hé, faites-le de vous promtement deloger.

Le Siluain.

Las! ie le voudrois-bien, mais ie n'y vois maniere,
Car il detient trop fort mon ame prisonniere
Dans les perfections de cette grand beauté,
Qui paye de rigueur ma ferme loyauté.

Satyre.

Rompez ces forts liens qui la tiennent captiue:
Et quelque obiet plus doux desormais elle suyue,
Qui ne la laisse-pas en ces peines soufrir,
Ains luy vienne aussi-tost le bon remede offrir.

Le Siluain.

Plustost le ciel voûté finira son ambade,
Que ie cesse d'aymer ma gentille Dryade:
Et la sœur de Phœbus n'aura plus le pouuoir
Les grands flus & reflus de la mer esmouuoir.
Ie veux estre constant, & bien qu'elle ne m'ayme,
Ie n'ay pas resolu de luy faire de mesme.
L'on doit bien imiter l'exemple d'vn bien-fait,
Mais non-pas celle là qui le contraire fait:
Le temps fait tout changer, elle n'est immuable,
Pour que sa cruauté à tousiours soit durable.

Satyre.

Ie vois que c'est en vain que ie veux vous prescher,
Pençant de vostre cœur cet amour arracher:
Il est desià trop fort, & trop bien muny d'armes,
Pour redouter l'effort de ces miennes alarmes:
Il demeure asseuré, sans vouloir desloger,
Bien qu'on face semblant de le vouloir charger,
Pource il faut endurer, sans batre sa muraille,
Patientant vn peu que le viure luy faille:
Car l'on ne doit iamais son ennemy presser,
Si l'on n'a volonté de s'y faire blesser.
L'affaire qu'on a veuë estre precipitee,
(Ie le sçay de certain) ne s'est onc bien portee.

Le Siluain.

Satyre, taisez-vous, car i'aduise venir
La belle, qui ne veut ma tristesse finir:
Il faut qu'encor vn coup tout doucement ie sonde,
Sy de cette durté encor son ame abonde.

La Dryade.

C'est vn estrange cas que ie ne puis marcher
Dix pas sans rencontrer (cela me fait facher)
Cet importun Siluain, voyez vn peu sa mine:
Que fusses-tu là-bas auecque Proserpine:

Il semble qu'il soit nay pour estre mon fleau,
Ha villain, que tu fusse au profond du tombeau.
Si ie pouuois trouuer quelque chemin pour fuire,
Tu ne m'approcherois, ny ton villain Satyre.

Satyre.

Ie ne m'estonne-pas si vous estes espris
De cette grand beauté, delices de Cypris.

Le Siluain.

Puis que l'occasion en ce lieu vous ameine,
Oyez encor vn coup le discours de ma peine,
Et iettez les regards de la compaßion
Sur le piteux estat de mon affliction
Voyez comme l'ennuy que i'ay de vous voir dure,
Me rend pasle, defait, & mon corps desfigure,
Ie n'ay plus que la voix, pour plaindre mes douleurs,
Qui souuent fait gemir Echo de mes malheurs.
Tout prend pitié de moy, & vous seule, inhumaine,
Faites vostre plaisir de me voir à la gesne
De ce cruel amour, qui se rit de me voir,
Par vn si bel obiet soubmis à son pouuoir.
A mon fresle bateau seruez-moy de boussole,
Ou bien il va perir par la fureur d'AEole:
Desià ie voy s'ouurir vn Caribde glouton,
Pour tout vif l'engloutir au regne de Pluton,
Et ià dessus son mast ie vay la grecque flame,
Qui luy va presageant vne funeste lame,
Et quelque part helas! que ie tourne mon œil,
Ie n'aprehende rien que l'horreur d'vn cercueil:
Oyant tout contre moy les hurlemens de Scyle:
Las! donc secourez-moy, & soyez son azile,
Ou bien que vos desdains, plus rudes que le Nord,
Si n'auez soin de luy, le cassent sur ce bord.

La Dryade.

A l'importunité! vous perdez vos paroles,

Et les semez aux vents, car plustost les deux Poles
Sur qui tourne le ciel, de place changeront,
Et Diane & Phœbus en leur lieu se verront,
Que iamais le desir de vous aymer, me péne,
Et retenez en vous cette voix pour certaine:
Vous iurant si iamais vous m'en venez parler,
Que dehors ce pays vous me fairez aller,
Afin de ne voir plus vostre plainte importune,
Qui m'est plus en horreur, que le bruit de Neptune,
Au marinier nouueau, qui se veut embarquer
Pour aller (hazardeux) aux Indes trafiquer.

Le Siluain.

Non belle, démeurez en ces lieux agreables.
Mais moy que vous rendez au rang des miserables,
Ie m'en vois vagabond aux deserts habiter,
Pour mon cruel tourment sans cesse lamenter,
Où ie veux que mes yeux en sources se distillent,
Accusant les rigueurs qui loin de vous m'exillent.

La Dryade.

Allez où vous voudrez, c'est bien le moindre soin
Qui soit dedans mon cœur, Amour en soit tesmoin.

Satyre.

Allon mon cher Siluain, allon, faison retraite,
Puis que cette beauté si rudement vous traite.

SCENE II.

Cydon. Melice.

Cydon.

Qviconques nous a dit qu'il faut patienter
Si nous voulons vn bien à la fin emporter,

Et

Et qu'il ne falloit-pas pour vn mauuais visage
De desdain, de refus perdre tout le courage:
Il auoit esprouué que tout l'estat mondain
Est subiet a changer du iour au lendemain:
Il auoit fait l'essay que sous cette hemisphere,
Par le bransle du temps toute chose s'altere:
Et que non seulement augure vegetal
Et mesmes en celuy que l'on nomme animal
Les especes ont eu cette loy de nature:
Mais encores sur tout l'humaine creature,
Qui se voit à toute heure attacquer d'accidens,
Qui tantost par dehors, qui tantost par dedans,
Luy font mutation de desir, de figure,
Et son premier estat bien-peu de temps luy dure.
Que ce propos ie prouue à mon contentement,
Apres auoir souffert de l'ennuy du tourment,
A m'acquerir l'amour de la belle Melice,
Qui pour rien ne vouloit accepter mon seruice,
Bruslee de l'amour d'vn qui la mesprisoit,
Et qui le reciproque, ingrat, luy refusoit:
Voicy que le desdain de refus la saisie,
Et met ores en moy sa brusque fantasie.
L'autre iour sur le point qu'elle faisoit dessein
De seruir à Diane, & seruante, & non Nain,
Vn Satyre suruint, qui la print par derriere,
Qui sans moy l'amenoit en son roc prisonniere:
Mais ie luy fis quiter à force coups de poing,
Et le fis enfuir parmy le bois bien loing.
Deslors le Dieu d'Amour luy fit me faire homage,
Et luy fit m'accorder la foy de mariage,
Ie l'atens en ce lieu, donné pour rende-vous,
Pour dans le temple aller nous faire bons espoux.
Mais cependant qu'icy elle se viendra rendre,
Ie m'en vois sous ce Chesne, à l'ombrage l'atendre.

Pour euiter l'ardeur de Phœbus tout bruslé,
A cause du leuer du grand chien estoillé.

Melice.

Sus il est temps d'aller sans tarder dauantage,
Trouuer celuy qui tient mon cœur or' en seruage.
Allons luy tesmoigner par effet nostre amour
Nous lier soubs Hymen ains que meure ce iour,
Il a bien merité d'auoir vn tel salaire.
Puis que de mon amour rien ne l'a peu distraire:
Il a bien attendu il a bien enduré
C'est ores la raison qu'il soit remuneré:
Puis d'autant que mon cœur luy portoit de la haine
Il l'ayme maintenant d'vn amour souueraine,
Ce trouuant tout esmeu de grand compassion,
Que plustost il n'a pris pour luy de passion:
Car croyans son amour n'estre pas veritable,
Ie doibs estre en cela, ce me semble, excusable
Voyant que de ce temps les amants nous sont faints,
Ce disans amoureux bien qu'ils n'en soyent attains:
Puis l'amour de Terpin enuenimoit mes veines:
Sans qu'il prist de pitié tant soit-peu de mes peines,
Mais ores que ie voy que m'ayme mon Cydon,
On ne me peut blasmer de luy donner guerdon
De l'aymer fermement d'vn bel amour pudique,
Honneste hymeneen, & non-pas d'vn lubricque.

Cydon.

Ne voy-ie pas venir ma maistresse, mon tout,
Pour qui tous mes desseins seront bien tost à bout?
Ha c'est elle aussi vray, c'est ma chere Melice,
Ma ioye, mon plaisir, & mon plus doux delice:
Ca m'amour, approchez, que de mes bras nerueux
I'embrasse vostre corps, & baise vos cheueux,
Vostre bouche, vos yeux, & vostre belle face,
(Demeure de Venus, & de sa belle grace)

Aprez auoir vaincu maint ennuyeux tourment,
L'on gouste mieux aprez vn doux contentement.

Melice.

O mon cher amoureux! tu m'as donc preuenuë,
Pensant estre en ce lieu plustost que toy venuë:
I'accuse ma paresse & mon trop lent marcher,
D'auoir tant demeuré: Vous mon obiet plus cher,
Chastiez vostre amante, a vous elle se donne
Pour la peine subir. Cy. O ma belle i'ordonne,
Que tout le chastiment que vous aurez de moy
Se soit force baisers, là donc embrassez-moy,
Et me faites serment par Nemesis Deesse,
Que iamais vostre amour en moy ne prendra cesse.

Melice.

Les Nayades plustost n'aymeront plus les eaux,
Les Dryades les bois, & l'air les doux oyseaux,
Le pirauste le feu, & Pluton Proserpine,
Que pour vous delaisser autre amour me domine,

Cydon.

Aussi vous cognoistrez que la course du temps
Les esprits de le-bas plustost rendra contens,
Sans plus se trauailler a nous faire malice,
Que iamais ie cherisse autre que vous, Melice,
I'ay trop eu de tourment a vostre amour gaigner,
Pour me la voir vn iour tant soit peu desdaigner.

Melice.

Cydon tenez pour vray ce que ie viens de dire,
Comme aussi ie vous croy, mais c'est trop, ie desire
Plustost par les effets que par des vains propos
Vous le faire sçauoir, & dont pour le repos
De nostre chaste amour, allons-nous en au temple.

Cydon.

Allons, & vous amants prenez moy pour exemple
Aymez fidellement celles dont les attraits

Vous auront de l'amour fait resentir les traits,
Les flames & les dards, & le mignard cordage
Dont il sçait retenir les amants en seruage,
Et iamais pour les coups de leur dure rigueur,
Que vostre amour ne perde en rien de sa vigueur,
Recherchez-les tousiours, & leur faites paroistre,
Que leur rude mespris vostre amour fait acroistre:
A la fin vous verrez changer leur volonté,
Et reluire sur vous les rais de leur bonté,
Contentant vos desirs des doux esbats d'Erice,
Ainsi que m'a promis a cette heure Melice,
Qui m'ayant vn long temps fait souffrir sans raison,
Va donner à mes maux la douce guerison:
Et dont ne pouuant plus souffrir la difference,
Nous allons au saint lieu faire la comparence.

SCENE III.

Pasquise. Herlin. Arbas.

Pasquise.

DEsià le blond Phœbus ayant posté son tour,
Dessus nostre horison vient r'allumer le iour,
L'espouse de Titon marche deuant, fourriere,
Afin de preparer la voye à sa carriere,
Faisant tout recacher les flambeaux de la nuit,
Pour n'estre suffoquez par leur Roy qui la suit:
Etià dedans les bois i'entens le doux ramage
De dix mille oysillons bigarrez de plumage,
Qui d'vn cœur tout ioyeux, en cant[illegible] diuers,
Saluent à l'enuy cet œil de l'vniuers.
Les cerfs & les cheureils vont quitant les gaignages,

Pour faire leur resny au bord de ces boccages.
Il est temps d'aller voir si (bien-heuré du sort)
I'en pourray voir quelqu'vn, pour en faire raport
A ma chaste Deesse, ainsi qu'est l'ordinaire,
Pour auec son troupeau la chasse aprez luy faire.
L'assemblee se fait en ce preche tallis,
Ainsi qu'il me fut dit, hersoir, par ma Phillis,
Phillis, que ie cheris tout autant que moy-mesme,
Et que nostre Diane ayme d'amour extresme,
Pour estre à son seruice il y a bien dix ans,
Et pource que ses faits & dits luy sont plaisans.
Ainsi pour se garder tousiours chaste & pudique,
Sans que le Paphien de ses fleches la pique,
Bien qu'il rende amoureux d'elle mille Pasteurs,
Satyres, & Siluains, de ces ieux amateurs.
Car ce Dieu Cupidon a bien plus grande force
A decocher, ses dards & donner rude entorce:
Campé dedans les yeux de quelqu'onque beauté
Qui va seruir Diane, en toute loyauté:
Que non-pas dedans ceux qui vont suyuant Cithere,
Parce qu'à son mestier cette vertu s'altere
Dont il forge ses traits: & pource maintefois
Quand il vouloit renger les Dieux dessous ses loix.
Il choisissoit tousiours pour luy seruir d'organe,
Au milieu des forests les Nymphes de Diane.
Aussi pour dire vray, il n'est-pas plus grand heur
Aux filles, que garder cherement leur honneur,
Et pour le conseruer elles ne doyuent craindre
Que Cloton, de son dard, leur trame vienne attaindre:
Car il leur est meilleur de decendre là-bas
Auecques luy, que viure icy, ne l'ayant-pas:
Et pource i'ay fait veu, durant toute ma vie,
Que ma pudicité ne me sera rauie:
Ains de seruir tousiours la Dame de d'AElos,

Et d'y passer mes ans en paisible repos,
Exente du tourment & de la dure peine
Qui va tousiours troublant cette vie mondaine,
Où sans cesse les maux trauaillent les mortels,
De dangereux combats, d'assaux & de cartels:
Comme on voit les Soldars au milieu des vacarmes,
Party contre party se tuer de leurs armes.
O bien-heureux celuy & trois & quatre fois
Qui peut passer sa vie aux solitaires bois,
Où tout contentement & tout repos abonde,
Et non aux grands Palais & Citez de ce monde,
Où la cruelle enuie enfle de son venin,
Tantost le cœur humain, & masle & feminin,
Faisant que le desir d'auoir des biens les ronge,
Si que iournellement ils n'ont-point d'autre songe:
Se trauaillans l'esprit afin de l'acquerir,
Sans auoir le penser qu'il faut vn iour mourir,
Et qu'ils n'emporteront de leur richesse acquise,
Seullement qu'vn linceul, auec vne chemise.
Voila-pas bien de quoy se tuer tant le corps,
Puis qu'ils n'ont que cela a l'heure qu'ils sont morts,
Pour nous ce vain ennuy nos cœurs ne tyrannise,
Ains parmy ces forests il nous laisse en franchise
Exercer nos plaisirs, soit a chasser les ours,
Les lions, les Sangliers: ou faire des discours
Des actes vertueux de ceux du premier aage,
Qui comme nous auoyent le seiour du boccage
Ainsi qu'vn Orion vn fort Meleager,
Vn Cephale, vn Adon qui fut si beau Berger,
Vne belle Atalante, a qui se doit la gloire
D'auoir de mieux courrir emporté la victoire,
Et mille autres encor que ie ne nomme-pas,
Pour n'en sçauoir le nom, desquels l'on fait bien cas,
Mais ie demeure trop il faut aller me rendre

A nostre gay troupeau ie le faits trop atendre.

Herlin.

Non demeure en ce lieu, ie veux parler a toy,
Pour ton contentement, & pource escoute-moy.

Pasquise.

Qui es-tu qui me viens retarder mon voyage,
Et qui me viens tenir vn si plaisant langage.

Herlin.

Ie suis vn bon demon qui prenant le soucy
De procurer ton bien, te viens trouuer icy
Afin de t'aduertir de destourner vne ire
Que le ciel sur ton chef est prest de faire bruire
Pour la punition de ne secourir-pas,
Estant a ton pouuoir le beau Berger Arbas:
Pource prens mon conseil & commences a suyure
Du tout sa volonté car il ne peut plus viure
Lassé de la rigueur & du triste desdain
Que luy fait endurer ton cœur trop inhumain.
Il ne fait tous les iours que souspirer & plaindre,
Et de ses piteux cris les Dieux du ciel ataindre,
Si qu'il les a ployez a luy donner secours,
Et luy faire cueillir le fruit de ses amours.
Car ils aydent celuy qui d'vne deuote ame
Les adore & les sert & leur grace reclame,
Aussi bien en saison de sa felicité,
Que lors qu'il est batu du fleau d'aduercité.
Mais delaissent celuy qui vers eux ne s'adresse
Qu'au temps que quelque mal le trauaille & l'opresse
L'autre iour que l'ennuy & le fort desespoir
Dessus ton pauure Arbas exercoyent leur pouuoir
Pour le dueil qui le point de te voir obstinee,
Ne voulant accepter son aymable hymenee,
Il monta sur le haut d'vn rocher sourcilleux,
Pour terminer ses iours d'vn saut fort perilleux.

Mais le grand Apollon Prince de la neufuaine,
Qui l'ayme & le cherit d'vn amour souueraine:
Me fit commandement de l'aller secourir,
Et luy chasser du tout le vouloir de mourir:
Autrement si sa vie arriuoit à la biere,
Qu'il t'en chastiroit fort, comme sa meurtriere,
Et que lors qu'en ces bois tu serois a chasser
Vn trait bien esmoulu il te feroit passer
Tout à trauers le corps: te faisant la pasture
Des Theres de ces bois, de cruelle nature.
Pource pense en ton fait, te gardant d'irriter
Dauantage ce Dieu: ny le grand Iupiter,
Qui punit rudement cil qui met en arriere,
(Enflé de trop d'orgueil) sa fille la priere,
Qui ia par maintesfois s'est enuolee aux cieux
Pour se complaindre à luy, des refus ennuyeux
Qu'elle a receus de toy en te voulant attraire,
Au beau Berger Arbas te montrer debonnaire:
Mais il a retardé tousiours ce chastiment,
Esperant qu'il verroit en toy du changement:
Car il n'est iamais promt a punir les offences,
Ne prononçant qu'à tard ses seueres sentences.
Sus donc fais de tes yeux deux fontaines sortir
Pour tesmoins que ton cœur ce vent or repentir,
Criant mercy aux Dieux d'auoir esté cruelle,
Et ne sois desormais à ton Arbas rebelle:
Ains l'ayme & le cheris d'vn amour si tresfort,
Qu'il ne prenne de fin qu'au terme de la mort.
Car encor que les Dieux de l'eternel Empire,
Ne m'eussent enuoyé tout exprez pour te dire,
Que c'est leur volonté qu'Arbas soit ton mary,
Par deuoir, il deuoit estre ton fauory,
Voyant tant de beautez en sa face reluire,
Et selon la vertu, ses actions conduire,

Et la fidelle amour qui le dointe pour toy,
Ne faisant nullement de faux-bond à sa foy.
Change, change d'aduis & ploye ton courage
A te ioindre auec luy au ioug de mariage.

Pasquise.

Ce n'est pas aux mortels, forgez des élemens,
A mespriser en rien les diuins mandemens:
Il faut leur obeir, & suyure l'ordonnance
Que nous vient proposer leur diuine puissance:
Pource me voilà prest à faire leur plaisir,
Et de cherir Arbas, i'ay maintenant desir.

Herlin.

Voilà fort bien parlé, & fait en fille sage,
De ne desobeir au celeste message:
Les saintes Deitez vueillent à l'aduenir,
Contre tous accidents, douces, vous maintenir.
Mais ie voy vostre Arbas, i'ay son ame inspiree
A le guider icy: toy sa plus desiree,
Marche au deuant de luy, & d'vn gentil discour,
Faits luy voir que te plaist maintenant son amour.

Pasquise.

Arbas, tu ne vois plus ta Pasquise inhumaine,
Qui faisoit son plaisir de ta cruelle peine,
Et qui ne voulut onc prendre de toy pitié,
Bien que luy fust cognu assez ton amitié.
Elle a changé d'humeur par l'effect d'vn message,
Venu de cil qui tient le haut ciel en partage:
Elle a chassé de soy la cruelle rigueur
Qui t'a fait si long-temps viuoter en langueur:
Et veut d'oresnauant t'aymer sur toute chose,
Te priant qu'à celà ton ame se dispose:
Banissant pour iamais de toy le souuenir,
Qui pourroit du passé la memoire tenir.

Arbas.

O mon plus cher plaisir, seroit-il bien possible
Que ton cœur fust d'Amour desormais susceptible,
Aprez que ie l'ay veu par plus de mille fois
Reboucher tous les traits tirez de son carquois.
Le dois-ie croire ou non. H. N'en ayez aucun doute,
Amour pour ton subiet la possede ore toute.

Arbas.

O sainte Deité, bien ie vous recognois,
Aprez auoir ouy l'accent de vostre voix,
Vous auez accomply vostre bonne promesse,
Me disant que i'aurois à la fin ma maistresse,
Ie vous en remercie autant qu'est mon pouuoir,
Et non de la façon que le veut mon deuoir,
Doncques chere beauté ie me mets en creance,
Que l'amour sur ton cœur ses plus beaux traits élance,
Qu'il m'ayme sans faintise, & qu'il n'est mensonge.

Pasquise.

Tu t'en-peux tenir seur mon bien-aymé Berger,
Mais afin, comme on dit, de t'en faire plus sage,
Viença, ie veux baiser ta bouche & ton visage.

Herlin.

Allez-vous en au temple ainsi que veut la loy,
Et de vostre himené, là donnez-vous la foy.

Arbas.

Allons mon cher obiet sans plus faire demeure,
Retardant vn moment, me dure autant qu'vne heure.

Herlin.

Encores i'ay tant fait par mon inuention,
Que i'ay fait de ces deux vne conionction
Et les voilà tantost par ma braue menee,
Accouplez sous le ioug du nocier Hymenée.

SCENE IIII.

La Dryade. Mirtin.

La Dryade.

Faut-il donc que l'amour que ie soullois domter,
De son nombre vaincu me vienne ore conter,
Et que i'aille honorant le char de sa victoire,
Aprez auoir acquis contre luy tant de gloire?
Dieux que de changements aux choses d'icy-bas
Tel lon voit ce iourdhuy auoir l'heur des combas,
Qui demain au vaincu seruira de trophee,
Et verra sous ses pieds sa valeur estouffee.
Depuis le premier iour de ma natiuité,
Iusqu'à cil qu'on attaint l'aage de puberté,
Amour me carressoit d'vne flateuse sorte,
Et tousiours me tenoit pour sa place plus forte:
Mais mon aage si tost ne paruint à ce but,
Qu'il guerroya mon cœur pour luy faire tribut,
Et toutes ces douceurs dont il me fit caresse
Se changerent en fiel, en aigreur, en rudesse,
Me laissant ses brandons afin de m'eschaufer,
Pençant de ma franchise à la fin triompher:
Mais ainsi que Titan va dardant sa lumiere
Dessus le front terny de sa sœur Latoniere,
Qui la reiette aprez çà-bas sur les mortels:
Ainsi de Cupidon les flambeaux m'estoyent tels.
Car au lieu d'embraser mon esprit de ses flames,
Par mes yeux il brusloit les plus pudiques ames:
Mais quelque bel amant qu'il me peust embarquer,
Ie prenois mon plaisir de m'en rire & mocquer.

Le Siluain le sçait-bien, qui m'a dix ans aymee,
Et qui mesmes encor en a l'ame enflamee,
Qui fait tout ce qu'il peut pour penser me gaigner,
Mais au lieu de celà, il se fait desdaigner:
Car ce trompeur amour par vn fin stratagesme,
Est or' Roy de mon cœur: & fait qu'autre ie n'ayme,
Que Mirtin le Chasseur, qui demeure en ces bois,
Et d'autre que de luy ie mesprise les loix,
Bien qu'il face refus d'vne façon mignarde
De cet ardant amour que mon ame luy garde,
Disant qu'il a fait veu à la sœur d'Apollon,
De ne sentir iamais de Venus l'aiguillon.
Mais Amour le peut-bien ainsi que moy contraindre,
Et la foy de son vœu aussi luy faire enfeindre.
Pource ie n'ay perdu encores tout espoir:
Il pourra se changer, il faut ce iour le voir:
Il doit venir chasser (à ce que m'a dit Lise)
En ces bois pour tascher a faire quelque prise,
Ce qu'atendant, ie voy icy me delasser:
Peut-estre qu'il pourra par cet endroit passer.
Ho! quel homme est-ce là qui dort en cette place?
C'est Mirtin que ie croy, ie recognois sa face,
Ie cognois ses habits, & simples, & legers,
Et d'vne autre façon que ceux de nos Bergers.
Il faut m'en aprocher, & premier qu'il s'esueille,
Baiser son front, ces yeux, & sa bouche vermeille:
Car l'humeur d'vn baiser glissant en nostre cœur,
Alentit bien souuent l'amoureuse langueur.
C'est l'vn des doux plaisirs que le fils de Cythere
Fait gouster à l'amant qui le suit & reuere.
O delices d'amour! ô colombin baiser,
Tu redoubles mon mal, au lieu de l'apaiser
Que beny soit celuy qui te mit en lumiere,
Et ses os doucement gisent en sa biere.

l'on dit que tu es fils des femmes des Troyens,
Aprez que sur la mer par d'estranges moyens,
Ils ancrerent leurs naufs, aux riues de Sicille,
Mettant le feu dedans par croire trop facile.

Mirtin.

Ha Dieu i'ay bien dormy, il me faut reueiller.

La Dryade.

De luy bander les yeux ie vou m'apareiller,
Pour voir ce qu'il dira, aussi sa contenance.

Mirtin.

Qui me bande les yeux? est il de cognoissance
Ou quelqu'vn mon amy? qui me trouuant icy,
Veut que de deuiner son nom, i'aye soucy.

La Dryade.

Mon Mirtin s'en est vn, voire le plus inthime
Que vous eustes iamais, & qui plus vous estime,
Vous ayme & vous honore, & qui vous veut cherir
Iusqu'à tant que Cloton vos iours face mourir.

Mirtin.

Vostre belle amitié, ma foy, n'est enganee:
Car croyez que la mienne aussi vous est donnee:
Et bien que ie ne sçache encor asseurement
Qui c'est qui me detient en cet aueuglement:
Ie ne reuoqueray nulement ma promesse,
Et soit ce qui pourra. Mais que doncques il se cesse
De me tenir bandé, pour afin de sçauoir
Quel il est, & son nom, & mesmes pour le voir.

La Dryade.

Tenez-luy donc aprez du tout vostre parole.

Mirtin.

Ne craignez, car iamais elle ne fut friuole.
O Nymphe vous m'auez accortement desçeu,
Vostre coulant parler entendre ie n'ay sçeu:
Ie pençois que ce fut le discours de quelque homme,

Mon amy, qui plaisant, vint resueiller mon somme
Parce que maintesfois dormant au chaud du iour
Dessous l'ombrage frais, maint m'a ioüé ce tour.

La Dryade.

Estes-vous donc fasché que ce soit la Dryade,
Qui vous veut tāt de bien, tant d'honneur & de grade?

Mirtin.

Nenny certainement, Ie m'en tiens honoré
Au contraire beaucoup, & mesme bien-heuré.

La Dryade.

Et moy mille fois plus, pourueu qu'en quelque sorte,
Vous vouliez accepter l'amour que ie vous porte.
Vous ne l'ignorez pas six mois sont ià passez,
Que vous l'auez apris, vous le sçauez assez:
Changez donc de vouloir, & cachez cette excuse
De Diane suyuir: celà vos ans abuse.
Trop inutillement: vn iour arriuera
Que vostre cœur si dur, bien s'en repentira,
Et se voyant espris d'amour en sa vieillesse,
En vain regrettera sa gaillarde ieunesse:
Car Amour ne depart ses feux les plus plaisans
Qu'à ceux qu'il voit ornez de beauté, ieune dans.
Il n'ayme les vieillards, ny les vieilles chenues
Ne sont dedans sa cour iamais les bien-venues,
C'est pourquoy lon le peint ainsi qu'vn iouuenceau,
Le corps gras, potelé, dispos, mignon, & beau.

Mirtin.

Nymphe ie suis faché qu'amour tant vous offence,
Sans vouloir contre luy vous armer de deffence,
Le chassant loin de vous, luy qui n'a de pouuoir
Sur nous, sinon en tant que luy laissons auoir,
Ie vous ay maintesfois à ce faire exortee,
Et que de vostre cœur sa flame fut ostée,
M'adeullant de vous voir par luy tant gouuerner,

N'ayant-pas le moyen, belle de vous ayder.
Or pource qu'on le paint iouuenceau de peu d'aage,
C'est pour signifier combien il est volage,
D'autant que la ieunesse a le cerueau leger,
Aymant la nouueauté, se plaisant a changer.

La Dryade.

Mais vous m'auez promis lors que de ma main nuë
Ie rendrois tenebreux les rais de vostre veuë,
Qu'ayant sçeu qui c'estoit qui vous tenoit ainsi,
Vous auriez de l'aymer à tousiours le soucy.
Mirtin, vous ne deuez nulement vous dedire,
Autrement vous fairez de vostre nom medire
Entre tous ceux qui font profession d'honneur.
Mirtin, mon cher Mirtin euitez ce malheur.

Mirtin.

O belle ie n'ay point ma promesse rompuë,
Ie vous la tiens encor, & vous sera tenuë
Autant que mon esprit mon corps animera:
Car Mirtin fort vous ayme, & bien vous aymera;
Mais aprenez de moy par cette conference,
Qu'entre amour, amitié il y a difference.
Amour est le desir de iouir de beauté:
Amitié, bien veillance à qui la merité.
D'amitié seulement ie vous ay fait promesse:
Et non-pas de l'amour qui trop l'esprit vous blesse.

La Dryade.

Pourquoy ne m'aymez-vous d'amour ensemblemẽt,
Sans du nom d'amitié m'honorer simplement!

Mirtin.

Pource que ie ne puis, car mon vœu m'en dispense.

La Dryade.

O de ma ferme amour trop maigre recompense!
Mirtin, ie vous pençois d'vn cœur plus genereux,
Et qui n'eust fait refus d'vn obiet amoureux,
Lequel estant espris de vostre gentillesse,

De se donner à vous prenoit la hardiesse.
Ah que vous desdaignez ce que d'autres ont cher,
Et qu'ils vont tous les iours encores le chercher:
Hé qui iamais a veu, sinon vn Hypolite,
Homme qui fit refus d'vne Nymphe d'eslite?

Mirtin.

Belle Nymphe des bois, croyez que ce n'est pas
Manque de iugement, & que i'aye le cœur bas,
Ny que ie sois ingrat à vouloir recognoistre
Cet amour si bruslant que me faites paroistre:
Mais seulement ie crains d'irriter les grands Dieux,
Si i'estois si hardy d'idolatrer vos yeux,
De les ozer aymer d'vn amour venerique
Trop sale, desreglé, impudent, & lubrique,
Qui iamais ne raporte à celuy qu'il tient pris,
Sinon perte, douleur, & troublement d'esprits,
Tesmoin ce beau Berger, qui se rauit d'Heleine,
Et ce grand Empereur, qui tant ayma la Reyne
Qui tenoit de Memphis le sceptre entre ses mains,
Qui ce donna la mort pour fuir des Romains
Le triomphe honteux: & mille dont l'histoire,
D'aage en aage aux nepueux conserue la memoire,
Pour leur seruir d'exemple, & pour les rendre instruits
De cette passion, qui tant en a destruits.
Belle quitez-moy là cette amour populaire.
Et suyuez le Diuin, vtile & salutaire
Pour nous remettre au ciel, d'où nous sommes venus,
Et qui nous rend vers luy tousiours les bien-venus.
De cet amour diuin, l'autre n'est rien que l'ombre,
Qui pour aymer les Dieux ne nous sert que d'encombre
Retenant nos esprits icy-bas atachez
A l'exercice fol de cent mille peschez
Qui nous font à la fin deualer aux lieux sombres,
Où demeure Pluton & ses mauuaises ombres.

Vuidez-le, vuidez-le, belle, de vostre esprit.
Et faites que le nom du vostre y soit escrit,
Inuoquez Iupiter, que cet heur il vous face,
Que cet amour mondain du tout il vous efface,
Mais vous face en son lieu, de son diuin brusler:
Afin que vous peussiez vn iour au ciel voler
Sur ces cerceaux dorez, alors que la mort pasle
Aura frapé le coup de vostre heure fatale.
Il n'est-pas icy-bas d'autre souuerain bien,
Que d'aymer le grand Dieu, qui fit ce tout de rien,
Tout autre amour nous trōpe & nous est domageable:
Mais cet amour diuin nous est fort profitable:
Car celuy dont le cœur en est enuironné,
Doit se tenir certain d'estre au ciel couronné
A la fin de ses iours d'vne vie eternelle,
Voyez cy de m'aymer la recompense est belle.
Nymphe, pensez-y donc, & pas ne profanez
Ces presens de beauté que Dieu vous a donnez:
Tenez-les purs & nets sans aucune macule,
Afin que Dieu, de vous sa grace ne recule.
Il ne faut-pas iamais de ces dons abuser,
Mais pour son saint honneur seulement en vser.
Aymons-nous seulemenr de l'amour qu'il commande
Et veut qu'à son prochain vn chacun de nous rende.
S'il vous plaist de m'aymer d'vne telle amitié,
Ie vous en aimeray encor plus la moytié.

La Dryade.

Quel bon frere prescheur, ah Dieu cōme il sermōne
Il pourroit abonir l'ame la plus felonne,
S'elle ne sentoit-point, ainsi comme ie sens,
La flamesche d'amour, qui nous trouble les sens.
Mirtin, il est trop tard ce feu vouloir esteindre,
Vous l'allez allumant le pensant faire moindre.
Le sort en est ietté, ie ne suis-plus à moy,

Il me va contraignant d'obeir à sa loy:
Il faut que ie vous ayme en despit de vous mesme,
Iusqu'à tant que soyez le but de la mort blesme.

Mirtin.

Puis que ie recognois vos maux sans guarison.
Comme le Medecin, ie quite la maison,
En vous recommandant aux grands Dieux par priere,
Qu'ils retournent de vous tout ce mal en arriere.

CINQVIESME ACTE.

SCENE I.

Le Siluain. Le Satyre. Mirtin.

Le Siluain.

SI iamais Cupidon s'est monstré inhumain
A fidelle amoureux, las! c'est à toy Siluain.
Qu'il trauaille sans fin, sans te donner atente
De voir iamais finir l'ennuy qui te tourmente,
Car plus tu vas auant a luy faire la cour,
Plus il te fait refus de te donner secour,
La beauté que tu sers va redoublant la haine,
Tant plus qu'elle cognoist ton amoureuse paine,
Les prieres, les pleurs, ny nule inuention
Ne luy donnent pour toy aucune affection:
C'est vn cœur de rocher dessus vn mont Caucase,
Plus dur que diamant, & plus froid que la glace,
Pource dispence-toy de l'importuner plus,
Et cherche a te cacher vn roc de iour reclus.

Sauuage, inhabité, & là faits ton repere,
Iusqu'à tant que le ciel te reuienne prospere,
Car tousiours il ne bat quelqu'vn d'aduersité,
Le mal estant passé, suit la prosperité.

Satyre.

Quoy? fairez-vous tousiours (ô Siluain que i'honnore,
Des complaintes d'amour qui le cœur vous deuore?
Vous verray-ie iamais braue le rembarrer,
Sans qu'il vous face ainsi de vous-mesme esgarer,
Comme vn simple Berger de la commune tourbe,
Qui au premier assaut dessous ses loix se courbe,
Pour n'auoir iamais eu l'instruction ny l'art
D'esmoucer bien accord les pointes de son dart.
Mais vous qui auez eu si bonne nourriture,
Et qui tenez icy vn haut rang de Nature,
Vous deuriez, Siluain vertueux le domter,
Et ne vous y laisser de la sorte emporter.
Ensuyuez cette fois mon conseil, mon bon maistre,
Et comme le premier ne le veuillez obmettre,
Ne considerez point ma pauure qualité.
Mais ce que ie pourray pour vostre vtilité:
Il ne peut-pas chaloir qui le conseil nous donne,
Pourueu qu'apres, l'issuë en puisse aduenir bonne.

Le Siluain.

Satyre mon amy, ie ne regarde-pas
Si ie suis d'vn lieu haut, & toy d'vn qui soit bas,
Que ie sois fauorit du Dieu de ce boccage,
De qui tous les Pasteurs releuent leur homage,
Si ie suis pocesseur d'vn bien grand reuenu,
Et si comblé d'honneur de tous ie sois tenu:
Ces inegallitez d'honneur & de richesse,
Ne me vont empeschant que ie ne te caresse,
Que ie ne te bien veigne, & te faces accueil,

Et que tu ne sois veu de moy d'vn fort bon œil,
D'autant que ie cognois que la mere Nature,
Te doue de vertu sur toute creature,
Et t'a fauorisé d'vn esprit si gentil,
Qu'on le peut-bien vanter de tous le plus subtil.
Ie ne fau-pas d'estat des faueurs de fortune,
Si celle de vertu ne nous-est point commune:
Hé que nous sert celà, les plus lourds animaux
Trouuēt-bien dequoy viure encor qu'ils soyent brutaux.
Et l'on preferera l'or d'vn villain auare,
Aux tresors vertueux d'vn esprit grand & rare?
Dieux quel aueuglement! l'ordre du siecle vieux
Est ores peruerty par les ambitieux!
Ie sçay que cestuy-là qui le bien fauorise,
En qui les Deitez ont leur science mise,
Ce rend leur bien-aymé: & l'honneur qui luy fait,
Deuant leur sainteté emporte vn grand effect.
Car tant de raretez dont il luy font largesse
Est vn cercle, venant de leur diuine altesse,
Qui se retourne en elle, & en ell' finissant,
Tout l'honneur qu'on luy fait en elle est agissant.
Pource ie fais bien plus & de cas & d'estime
D'vn homme vertueux & d'vn cœur magnanime,
Bien qu'il soit de bas lieu, de pauure parenté,
Que d'vn sot & villain, de force biens renté.
Et pource ie suis prest, mon bien aymé Satyre,
De suyure le conseil que tu voudras me dire.

Satyre.

Siluain, ie vous rens grace autant que ie le puis,
De cet honneur non deu: & croyez que ie suis,
Et seray, moy viuant, bien à vostre seruice,
Vous en rendant bien-tost quelque petit office.
Or doncques le conseil qne ie vous veux donner,
N'est pas pour vostre amour vous faire abandonner,

Parce que ie voy-bien qu'elle vous est trop chere,
Mais vn remede est bon, pour ce que delibere,
C'est qu'il nous faut aller trouuer vostre riual,
Que i'ay veu cheminer n'a gueres dans ce val,
Lequel, ie le sçay-bien, est cause malheureuse,
Que la Dryade n'est de vos yeux amoureuse,
D'autant qu'elle a fiché tout son amour en luy,
Si bien qu'elle ne peut vous aymer au iourdhuy.
Ie l'apris l'autre iour d'vne façon subtille
Au milieu de ces bois, d'vne gaillarde fille.
Allons donc le trouuer, & d'vn espieu tranchant,
Mettons fin aux beaux iours de ce Mirtin meschant.
Aprez qu'elle entendra qu'il n'aura plus de vie,
Peut-estre il luy prendra de vous aymer enuie.

Le Siluain.

Ie n'auois encor rien apris de tout cecy
Que me venez de dire, en va-il tout ainsi?

Satyre.

Ouy certainement, n'en ayez doute aucune.

Le Siluain.

Or sus, donc poursuyuons de prez nostre fortune.
Allons Satyre, allons, ie luy feray sentir
Qu'on a de m'offencer vn tardif repentir,
Seruant à l'auenir aux autres d'exemplaire,
Pour qu'ils ne soyent si promts a me venir desplaire.
Ie veux faire changer son corps en vn fousteau,
Ne voulant qu'il s'en aille autrement au tombeau.

Satyre.

Ce sera le meilleur car tousiours la memoire,
Le voyant transmué, en sera plus nottoire.
Mais ie le voy cy-prez: or sus allons Siluain.
Doncques executer vostre braue dessein.

Mirtin.

Qui fait venir ceux-cy? a voir leur rude mine,

Quelque mauuais dessein en leur cœur se machine.
Considerant leur front de depit refroigné,
Ce sera le meilleur m'en tenir esloigné.

Le Siluain.

Reçois le chastiment, villain de ton offence.
Hé tu ne gaignes rien de te mettre en deffence,
Ton effort sera vain. M. Ha Dieux secourez-moy:
Ou bien las! ie suis mort. S. Ils n'ont soucy de toy,
Le sort en est ietté tu vas croistre le nombre
Des arbres embrageux de cette forest sombre.

Mirtin.

Ha Dieu quel changement en moy sen-ie venir,
Ie voy mes bras, mes doits, en rameaux deuenir,
Et mon corps se couurir d'vne escorce bien dure.

Satyre.

Ma foy, vous voilà bien tapissé de verdure,
Beau mignon, vous n'auez plus besoin de chercher,
Et si vous pourrez bien les rossignols percher
Dessus vos verds rameaux, pour chanter leur querelle,
Allors que le Printemps la terre renouuelle,
Et ie les voy desià venir de toutes pars,
Voyant si bien en rang vostre fueillage espars:
Or bien demeurez-là le iouët de Zephire,
Pendant que ie m'enuois. S. Et bien & bien Satyre,
Vous ay-ie pas pas fait voir vn trait de mon sçauoir.

Satyre.

Ie suis tout estonné de vostre grand pouuoir,
Et croyez que iamais ie n'en vy de semblable.
Dieux! qu'il a de vertu, qu'il est esmerueillable,
Circe, n'en auoit plus, qui fit estre pourceaux
Du prudent Vlisses les compagnons feaux.

Le Siluain.

Puis qu'il est chastié de sa fole brauade,
Allons nous-en chercher ma gentille Dryade.

Peut estre qu'ayant sceu la fin de son amant,
Elle estaindra le feu qui la va consumant.

SCENE II.

Periste. Dryade. Myrtin.
Herlin.

Periste.

Est-ce doncque l'arrest du ciel impitoyable,
Que tout celà qu'on voit estre plus agreable
En ce bas-vniuers, perisse promtement:
Et ce qui ne l'est-tant y durer longuement?
L'on voit les belles fleurs (cheres filles de Flore)
Qui disputent le teint de la vermeille Aurore,
En peu de iours, helas! à leur fin arriuer,
Et le gaillard Printemps viure moins que l'hyuer:
Le chant des rossignols si doux à nos aureilles,
Nous durer moins que ceux des corbeaux & corneilles,
Et les contentemens moins que ne font les maux,
Les aymables repos moins que les durs trauaux,
Et la tranquille paix moins que la guerre rude,
La douce liberté moins que la seruitude,
Et la belle beauté (cher obiet de l'amour)
Fait moins que la laideur auecque nous seiour,
Et l'homme qui poursuit de l'amour l'exercice
Moins que celuy qui fait marchandise du vice:
Tu l'as bien esprouué, Mirtin qui tant aymois
La suite des vertus, & tant les estimois.
Tu l'as bien esprouué Mirtin que ie desplore,
Dont l'ennuy de ta fin mon pauure cœur deuore,
Toy qui de ce pays estois mesmes l'honneur,

Et le plus cher mignon du Parnacide cœur,
Te voila maintenant le butin de la Parque,
Qui ia t'a fait passer deuant le grand Monarque,
Qui regit de sa voix les champs delicieux,
Où vont viure contens les esprits precieux.

La Dryade.

Ie pensois estre seule à qui la destinee
Pour faire de l'ennuy se montrast obstinee:
Mais encore i'entens non gueres loin d'icy,
Quelqu'vn se lamenter d'vn angoisseux soucy:
Il me faut voir qui c'est, & mesmement aprendre,
Quelle sorte de mal si triste le peut rendre:
C'est vne belle Nymphe, & si ie la cognois:
O Nymphe qu'auez-vous a gemir cette fois?

Periste.

Belle Dryade, las! l'ennuy qui m'importune,
Est pour le dur regret d'vne perte commune
A nous autres Pasteurs, qui deuons bien pleurer
Pour vn gentil Pasteur qui nous vient d'expirer,
Qui fut en son viuant (il faut que ie le die)
Le soutien, l'ornement des Pastes d'Arcadie.

La Dryade.

Ma Nymphe, conte-moy l'arrest de son destin,
Et comment il eut nom. P. C'estoit le beau Mirtin.

La Dryade.

Qui Mirtin le Chasseur. P. Helas ouy c'est luy mesme

La Dryade.

Nymphe que ton discours, me donne vn dueil extresme!
Mais helas! conte moy quel estrange accident.
L'a mis dés son leuant si tost en l'occident.

Periste.

Ie n'en sçay le subiet: mais vn Siluain difforme,
Luy a fait d'vn fousteau vestir la dure forme!

La

La Dryade.

O Dieux! qui te l'a dit? P. Moy-mesme ie l'ay veu
A mon tresgrand regret, & ce m'a fort despleu.

La Dryade.

Quelle triste nouuelle, ah qu'elle m'est amere,
Et que mon cœur en est trauersé de misere
Que Mirtin ne vit plus, Mirtin mon cher amour,
Mon Mirtin, pour qui seul i'auois les rais du iour:
Sus Parques deslogez, venez couper ma trame,
Venez, venez ce corps loger dessous la lame,
Helas! c'est trop vescu: qu'vn autre Ericaton,
S'en vienne mon fatal rompre de son baston,
Ainsi qu'il fit iadis à la Nymphe Cerique,
Dont il fut chastié deuenant famelique:
Car ie n'ay-plus desir de viure: puis qu'helas!
Ce que i'aymois le plus, à souffert le trespas,
Ie veux, ie veux mourir, ie veux finir mon heure
Pour le suyure là-bas en la palle demeure.

Periste.

Belle, que dites-vous? ayez plus saints propos,
Et ne desirez-pas le secours d'Atropos:
Vous offencez Iupin, qui ne veut que personne
Meure, si son vouloir tout premier ne l'ordonne,
Et bien que ce Berger, dont nous plaignons le sort,
Tint dedans vostre cœur le lieu d'amour plus fort,
Si ne deuez-vous pas la triste Parque suyure,
Car aussi bien celà ne le fera reuiure:
Viuez donc, & plustost gardez en vostre cœur
Vn souuenir de luy, qui soit du temps vainqueur,
Par-là, bien qu'il soit mort, encor il aura vie,
Malgré le sort cruel & la meschante enuie.

La Dryade.

Helas! des malheureux c'est tout le reconfort
Pour finir leurs trauaux, que d'appeller la mort,

Car elle en vn clin d'œil, fait ce qu'vn autre à peine,
Pourroit executer au temps d'vne sepmaine:
Elle de son acier met la fin à nos iours,
Arrestant quand & quand de nos ennuis le cours:
Pourquoy, puis qu'elle peut me deliurer d'opresse,
Me veux-tu destourner que i'y ays mon adresse?
Las! laisse-moy mourir, puis qu'aussi-bien icy,
Ie mourrois mille fois d'vn palissant soucy.
Mais premier ie te pry las! veuill'es-moy conduire,
Où Mirtin a souffert de la mort le martire,
Pour qu'en ce mesme lieu tout prez mon cher amy,
Mon corps soit de Cloton au mesme temps blesmy.
Ou bien que Iupiter, s'il luy plaist, ait la cure,
Ainsi comme Mirtin, me changer ma figure,
Iadis il fit ce bien à Bauce & Philémon,
Quand il les eut sauuez du maresqueux limon.

Periste.

Dryade, ie veux-bien vous mener à la place,
Où c'est qu'est aduenu la facheuse disgrace
A vostre cher amant, mais ne pensez aprez
Vous couronner le chef de funebres Cyprez.

La Dryade.

Menez-moy iusques là puis n'ayez soin du reste.

Periste.

Allons, ie vous feray le lieu trop manifeste.
Nymphe nous y voilà, regardez ce Fousteau,
C'est luy dont est mué vostre Mirtin si beau.

La Dryade.

Et quoy ce grand Fousteau dont la cyme est si verte,
Est celuy dont la forme à Mirtin est conuerte.

Periste.

C'est-il certainement, ie le recognois bien.

La Dryade.

O Mirtin, qui viuant estois mon tout, mon bien,

Mon doux contentement & ma chere liesse,
Et maintenant, helas! ma cruelle tristesse,
Helas! ie te voy donc ensemble vif & mort,
Par le coup malheureux d'vn enchanteur effort?
Ie te voy donc, helas! en ta maison derniere,
Et si pourtant tu vois encores la lumiere.
Ah que ie sens mon cœur outrepercé de dards,
Quand ie lance sur toy mes languissans regards!
Que ie sens de douleurs ramper dedans mes veines,
Ha Dieux! que mon esprit est torturé de peines!
Encore si tes ans auoyent finy leurs cours,
Comme ceux que la Parque engloutit tous les iours,
Ie ne lamenterois si fort ta sepulture,
Parce qu'il faut helas! obeir à nature,
Qui veut que tout celà qui naist auec le temps,
Tout de mesme auec luy, ait la fin de ses ans.
Mais ie te vois perir tout d'vn autre maniere,
Et non pas de la mort aux humains coustumiere.
Las! ie te voy Mirtin, ie vois ton corps aymé,
O quelle cruauté, en arbre transformé!
Mais à quoy ce discours, à quoy ce vain langage,
Il faut de mon amour te rendre vn tesmoignage,
Il faut Mirtin, il faut pour la derniere fois,
Te faire tout certain, las! combien ie t'aymois.
Or sus tranchant espieu, or sus promptement entre
Iusques à la moictié au milieu de mon ventre.

Periste.

Non-fera, non fera, ie veux m'esuertuer,
Et bien vous empescher, belle, de vous tuer.

Mirtin.

Et puis que i'aperçoy mon escorce se fendre,
Ie croy que ma figure encor ie vois reprendre,
Ainsi que m'a chanté l'oracle de mon sort.

La Dryade.

Quoy? voy-ie pas Mirtin qui de cet arbre sort.

Mirtin, en l'arbre parle.

O ma chere Dryade & la belle des belles,
Et la fidelité des Nymphes plus-fidelles
Qui garderent iadis à leurs amans la foy,
Malgré l'ennuy, le mal, la riguaur & l'esmoy.
Helas! vueillez m'aider en ce tourment extresme,
Et ne me faites-pas, ô ma Nymphe de mesme
Qu'ingrat, ie vous faisois auant cet accident,
Ne voulant secourir vostre amour trop ardant.
Ma belle soyez-moy à ce coup charitable,
Aprez ie vous rendray, s'il vous plaist le semblable,
Soit à vous obeir, ou bien de tout mon cœur,
Vous vouer à iamais, ma vie & mon honneur.

La Dryade.

Quel miracle est ce là? quelle estrange merueille?
Auquel auray-ie foy, de l'œil, ou de l'oreille?
Dois-ie tenir certain tout celà que ie voy?
Me tromperay-ie point, helas! si ie le croy.

Mirtin.

Belle n'en doutez pas, c'est chose aussi certaine,
Qu'il est tout vray qu'il est vn infernal domaine.

La Dryade.

Doncques mon cher Mirtin, dites-moy le moyen
Par lequel ie pourray vous faire quelque bien.
Et puis vous cognoistrez que nulle estrange chose,
Ne pourra m'empescher que ie ne m'y dispose.

Mirtin.

Autre part qu'en ce lieu, vous me l'auez fait voir,
Dont de m'en reuenger i'ay mal fait mon deuoir:
Mais, helas! de celà remetez-moy la faute,
Ie vous en crie mercy d'vne voix triste & haute.

La Dryade.

[...]s me percez le cœur me tenant ces propos,
Attendez, attendez que soyez plus dispos.

Mirtin.

Donc pour me redonner encor mon premier estre
Allez chercher Herlin le vieux mage champastre,
Lequel seul a pouuoir (ainsi que dans ces bois,
M'a ce iour anoncé vne profete voix)
De me tirer des ceps de cette prison dure,
Et de me reuestir ma premiere figure.
Vous n'irez guere loin sans trouuer son logis,
Il demeure là-haut prez le roc de Maugis.

Herlin.

Par l'ayde de l'esprit qui auec moy reside,
Ie viens du haut seiour de la Zone torride,
Querir d'vn saint onguent que distile par fois
Vn arbre, dans vn val muré de rocs espois,
Lequel a le pouuoir de redonner la vie,
Aprez que le cousteau d'Atropos l'a rauie.
AEsculape iadis par l'aide d'Apollon,
Fut le premier mortel qui trouua ce vallon,
En apportant du fruit pour reuiure Hypolite,
Qui ià buuoit là-bas les ondes de Cocyte,
Et nul depuis ce temps n'auoit cognu ce lieu,
Parce que ce n'est pas la volonté de Dieu,
Dautant que si l'humain en auoit cognoissance,
Il n'aprehenderoit de la mort la puissance.
Or i'en porte en ce vase encores de bien fin,
Pour redonner la forme au beau Berger Mirtin,
Par le commandement de la chaste Deesse,
Laquelle ses seruans à leur besoin ne laisse:
Mais il faut me haster, ie vois trop lentement:
De cet acte, plusieurs auront contentement.

La Dryade.

Ha nous voilà venir grace aux Dieux, le ... age

Herlin.

A vous Nymphes aussi, toy Mirtin, prens courage,
La Dame des forests que tu suiuois tousiours,
M'enuoye deuers toy pour te donner secours,
Regarde cet onguent, ie vois sur toy l'espandre,
Pour ta forme perduë incontinent te rendre.

Mirtin.

O Dame des Chasseurs & l'honneur de d'AElos,
A qui de chasteté l'on reffere le los,
Il t'est donc souuenu, diuine chasseresse,
De moy ton seruiteur, en ma grande detresse?
Et quoy tu m'as voulu de ce malheur sauuer,
Ta puissante vertu me faisant esprouuer.
Du cœur & de l'esprit, & d'vne gaye face,
Ie t'en rens mille fois, bien deuotement grace.
Et vous Mage Herlin d'Hecate le soucy,
Autant que ie le puis, ie vous rens grace aussi.

Herlin.

Ie n'ay pas encor fait tout le deu de ma charge,
Or escoutez amants pour que ie m'en descharge:
Vostre Diane veut, & vous a destiné,
Que vous soyez ce iour conioints sous Hymené.
Car de vous doit sortir, par l'aide de Lucine,
Vn enfant pour seruir sa maiesté diuine,
Lequel sera si beau si braue & vertueux,
Qu'il ternira l'honneur de nos Pasteurs plus vieux.

Mirtin.

Donc ma chere Dryade, aurez-vous agreable
Le doux commandement de Diane honorable.

La Dryade.

I'ay tousiours eu le cœur de ce desir attaint.

Chronique [illegible] feuilleton

www.ingramcontent.com/pod-product-compliance
Ingram Content Group UK Ltd.
Pitfield, Milton Keynes, MK11 3LW, UK
UKHW012044240726
13965UKWH00003B/1038